Podenco & Co

Abenteuer auf 32 Pfoten

- Neue Hundegeschichten -

Für Daisy

Danksagung

Ein herzliches Dankeschön an Christa Seifert, die auch dieses Manuskript Korrektur gelesen hat, und an Astrid Götz für die Teilkorrektur.

Ferner an die vielen Hunde, die im Laufe der Jahre mein Leben geteilt und bereichert und mir trotz ihrer teilweise traumatischen Vergangenheit ihr Vertrauen geschenkt haben. Von jedem einzelnen dieser Tiere habe ich lernen dürfen.

Nicht zu vergessen danke ich Tom van der Laan, der sich an mein „Hundeleben" angepasst hat und mich nach Kräften unterstützt sowie meinen treuen Lesern, die mich immer wieder zum Schreiben ermutigen.

Judy Kleinbongardt

Podenco & Co

Abenteuer auf 32 Pfoten

- Neue Hundegeschichten -

Bibliografische Information der Deutschen Nationalbibliothek:
Die Deutsche Nationalbibliothek verzeichnet diese Publikation in der Deutschen Nationalbibliografie; detaillierte bibliografische Daten sind im Internet über http://dnb.dnb.de abrufbar.

Ursprünglicher Titel: Podenco & Co – plezier op 32 poten
© 2016 Judy Kleinbongardt

Umschlagfotos: Betty Heideman, Judy Kleinbongardt
Umschlaggestaltung: Judy Kleinbongardt

© 2017 Judy Kleinbongardt
www.podenco-de.weebly.com
Herstellung und Verlag: BoD Books on Demand Norderstedt
ISBN 9783744816229

Die Fotoqualität entspricht nicht dem Niveau, das meine Leser von mir gewöhnt sind. Da der Schwerpunkt bei den vorliegenden Geschichten jedoch nicht auf den Fotos liegt, habe ich mich für eine kostengünstigere Drucktechnik entschieden, was sich positiv auf den Kaufpreis auswirkt.

(Anm. der Autorin)

Liebe Leser,

Mein im Jahre 2008 erschienenes Buch "Alle Leinen los!" enthielt Geschichten über all meine Hunde. Die folgenden Bücher mit Kurzgeschichten - „Dunyas Blick auf die Welt" und „Tornado auf vier Pfoten" - waren ausschließlich meiner Podenca Dunya gewidmet. Ihre Artgenossen und Mitbewohner mussten sich mit Nebenrollen begnügen.

Jetzt ist es an der Zeit, ein Buch über die Abenteuer aller acht Hunde herauszugeben, die zwischen 2009 und Oktober 2016, dem Zeitraum, in dem die vorliegenden Geschichten entstanden sind, mein Leben teilten.

Die Podenco-Liebhaber werden jedoch nicht zu kurz kommen! In den ersten Geschichten ist Dunya noch vertreten; und nach ihrem Tod mischt seit November 2014 Podenco Maya mein Leben auf, die trotz ihres fortgeschrittenen Alters ausreichend Stoff für neue Geschichten liefert, wie es sich für einen Podenco gehört. Sie ist also nicht nur in meinem Leben, sondern auch in den nachfolgenden Kurzgeschichten nachdrücklich vertreten.

Ich wünsche Ihnen viel Lesespaß - mit vielleicht ab und an einem Lächeln auf den Lippen, weil Sie Ihren eigenen Hund in den Geschichten wiedererkennen.

Judy Kleinbongardt
Februar 2017

Darf ich vorstellen...

Dies sind die Hunde, denen Sie in den nachfolgenden Geschichten begegnen werden:

Flits, einen Schäferhund-Mischling, habe ich 1996 als jungen Hund aus dem hiesigen Tierheim geholt. Er hat dreizehn Jahre bei mir gewohnt und war ein wunderbarer Hund, der alles toll fand, solange er dabei sein durfte. Flits ist jahrelang mein treuer Begleiter und Wachhund gewesen.

Dunya, Podenco Ibicenco, kam 1998 als junger Hund zu mir und hat mich 2014 im hohen Alter von sechzehn Jahren verlassen. Durch sie lernte ich das Phänomen „Podenco" kennen, das mich nie mehr losgelassen hat.

Malteser **Daisy** trat 2000 als Welpe in mein Leben und war fünfzehn Jahre lang mein Schatten. Ein wunderbarer, unkomplizierter Hund, den ich noch immer vermisse.

2001 adoptierte ich **Bonita**, eine fünfjährige Greyhound-Hündin von der Rennbahn in Barcelona, die bei mir endlich leben durfte und die mein Leben mit ihrer ruhigen Art und ihrer Sanftmut bereichert hat.

Ein besonderer Hund, der einen besonderen Platz in meinem Herzen hat. Wir haben neun wunderbare Jahre miteinander verbringen dürfen.

Lilly, ein spanischer Gummiball, kam 2008 zu mir und ist inzwischen circa zwölf Jahre alt. Sie hängt sehr an mir und achtet stets darauf, wo ich bin. Ein kleiner Hund, aber ein großer Unruhestifter, der keine fremden Hunde mag und außer unseren Spaziergängen vor allem das Fressen liebt.

Mastín Español **Luca** stieß 2009 zu meiner kleinen Hundegruppe und ist inzwischen zehn Jahre alt.

Anfangs extrem ängstlich, hat sie gelernt, uns zu vertrauen und genießt inzwischen das Leben in vollen Zügen; und wir genießen mit ihr.

Sabueso **Toby** fand 2011 im Alter von neun Jahren seinen Weg aus einer spanischen Tötungsstation in mein Haus und Herz; mein gemütlicher „Opa", dem seine Ruhe, Wärme, Fressen und  Schnüffeln über alles geht. Ein unerschütterlicher Hund, der wirklich mit allem und jedem gut auskommt!

Podenco Canario **Maya** ist der „Neuzugang" in unserer Hundefamilie. Sie kam im November 2014 aus Spanien. Mit ihren geschätzten dreizehn Jahren ist sie vor allem im Haus zwar ruhig, aber trotzdem noch genug „Podenco", um Anlass zu so mancher Geschichte zu geben.

Auch Kater **Krieltje** lässt ab und zu von sich hören. Er kam 1997 als junges Kätzchen aus dem Tierheim und war neunzehn Jahre lang unumstrittenes Familienoberhaupt im Hause Kleinbongardt, wie es sich für eine Katze gehört.
Im Oktober 2016 hat er mich leider verlassen.

Wachgerüttelt!

Noch im Halbschlaf schrecke ich vom Geräusch einer Herde galoppierender Wildpferde hoch... na ja, zumindest galoppierender Shetlandponys. Bevor mein noch nicht ganz waches Gehirn das Geräusch einordnen konnte, war Lilly schon die Treppe hoch gestürmt, auf mein Bett gesprungen und wusste kaum, wie sie ihrer Freude Ausdruck verleihen sollte.

Jetzt war ich mit einem Schlag wach und konnte das Geschehen auch einordnen: Tom, mein Partner, sollte heute Morgen mit den Hunden spazieren gehen; ich durfte ausschlafen. Und als er die Tür von Lillys Zimmerzwinger öffnete, in dem sie damals noch schlief, musste sie natürlich sofort hoch zum Frauchen und ihr erzählen, dass sie wach ist und ganz dolle Lust auf den Spaziergang hat und ob ich auch wach bin und ob ich schon gesehen habe, was für ein tolles Wetter wir haben und ob ich auch solche Lust auf den neuen Tag habe...

Ihre Anhänglichkeit hat etwas Rührendes und wird lediglich von ihrer Fresssucht übertroffen.

Flits als „Therapiehund"

Flits ist jetzt beinahe dreizehn Jahre alt. Außer einer schwachen Hinterhand ist er gesundheitlich noch gut dabei.

Früher konnte er fremden Hunden, vor allem Rüden, recht unfreundlich begegnen. Oft verstärken sich im Alter ja bestimmte Charakterzüge bei Mensch und Tier. Daher hatte ich meine Bedenken, wie Flits' Verhalten sich im Alter entwickeln würde.

Meine Bedenken stellten sich jedoch als völlig unbegründet heraus: Flits ist milder geworden. Sein scharfes Macho-Gehabe ist etwas verblasst, und er ist noch liebenswerter, als er es schon in jungen Jahren war. Im Urlaub kann er jetzt problemlos über den Strand laufen, ohne mit anderen Hunden Streit anzufangen.

Heute sind wir einem Dackelwelpen begegnet. Seine Begleiterin fragte mich, ob meine Hunde freundlich sind, weil ihr Welpe - nach schlechten Erfahrungen mit großen Hunden – etwas ängstlich geworden ist.

Vertrauensvoll wählte ich für den Kontakt mit dem Welpen Flits aus. Und mein Vertrauen war gerechtfertigt. Der Welpe war etwa so groß wie Flits' Kopf, aber Flits behandelte ihn so behutsam, dass das Schwänzchen von dem kleinen Ding begeistert zu wedeln anfing. Eine gute Sache, um den negativen Erfahrungen mit großen Hunden einige positive entgegenzusetzen. Für  eine davon hatte Flits jetzt schon mal gesorgt, und die Begleiterin des Dackelwelpen dankte mir herzlich.

Das gleiche milde Verhalten zeigt Flits – und auch meine anderen Hunde – alten Menschen gegenüber. Unser Dorf ist oft Ausflugsziel für Senioren oder Gruppen geistig oder körperlich behinderter Menschen. Es tut mir immer wieder gut zu sehen, wie begeistert diese Leute auf meine Hunde reagieren und wie vorsichtig und lieb vor allem Flits und Bonita mit ihnen umgehen.

Flits zaubert bei einer Frau, die gerade noch brummig in ihrem Rollstuhl saß, ein Lächeln aufs Gesicht, als er sie begrüßt. Ein körperlich behinderter Junge ist ganz glücklich, als er Flits streicheln darf, und die etwas unkoordinierten Bewegungen des Jungen lässt Flits sich ruhig gefallen.

Eine alte Frau mit Gehhilfe verlässt ihre Gruppe, als sie uns sieht. Sie kommt zu uns und bückt sich runter zu Flits, der ihr freundlich das Gesicht ab schleckt. Vielleicht nicht hygienisch, aber die Frau strahlt übers ganze Gesicht und hat wieder einen glücklichen Moment erlebt.

Äußerlich mag Flits ein völlig unauffälliger Hund sein, aber charakterlich ist er etwas ganz Besonderes!

Dunya erzählt: Alte Hunde und neue Kissen

Flits ist immer der ruhende Pol in unserer Hundegruppe gewesen. Unverwüstlich. Lebhaft. Fröhlich wie ein Welpe und macho wie ein ... na ja, wie ein Macho eben.

Aber jetzt scheint es doch abwärts mit ihm zu gehen. Er liegt gern im Flur vor der Haustüre, und manchmal kriegt er die Post auf den Kopf, weil er den Briefträger nicht hört. Letztens hörte er Herrchen nicht rein kommen, und das war echt das erste Mal in den zwölf Jahren seines Lebens, denn früher hörte er ihn schon, bevor er mit dem Auto in unsere Straße einbog.

Er rennt und springt auch weniger überschwänglich, solche Dinge halt. Im Alter geht es ja immer etwas schlechter, und Flits macht davon auf schändliche Weise Missbrauch.

Letzte Woche war er auf dem Spaziergang viel gerannt und hatte danach Probleme, auf den erhöhten Liegeplatz im Auto zu springen. Logisch, oder?!

Wenn mir das mal passiert – und das kommt nicht oft vor, kann ich euch sagen, da muss ich schon mindestens drei Stunden durch die Felder gedüst sein – dann ruft mein Mensch: »Stell dich nicht an, eigene Schuld. Hopp, springen!«

Nicht bei Flits. Er stellt seine Vorderbeine auf die Erhöhung und schaut den Menschen schmachtend an (ich bin mir sicher, den Blick hat er vorm Spiegel einstudiert!). Und sie fällt voll drauf rein. »Ach, mein armer Junge, hast du Probleme mit den Hinterbeinchen?« (igittigitt, wo ist der Spucknapf…).

Anschließend baut sie für den Typ den ganzen Bus um. Meinen großen Korb, der auf dem erhöhten Liegeplatz stand, hat sie in den niedrigen Teil des Busses gestellt, und da liegen jetzt die beiden Weicheier, Flits und Bonita, zusammen drin.

Und ich? Mir wird ein Mini-Hundekorb verpasst. Nun ja, ich kann natürlich schon noch ausgestreckt drin liegen, aber eben nicht mehr quer, wenn mir zufällig danach ist. Und neben mir steht jetzt der Reisekorb mit unserer überaktiven Lilly. Die ganze Fahrt habe ich jetzt also diese Nervensäge neben mir. Schon was anderes als Flits und recht gewöhnungsbedürftig.

Und Flits ist zwar alt, aber nicht blöd. Also kultiviert er seine Zipperlein und manipuliert unseren Menschen nach Strich und Faden.

Wenn sie irgendwo hin geht, wo wir eigentlich im Auto bleiben müssen, dann macht Flits dankbar Gebrauch von dem traurigen Blick, den er ja doch schon geübt hatte. Und prompt darf er mit.

Er ist schlau und weiß ganz genau, wie er unseren Menschen einwickeln muss. Wenn er einfach ungefragt aus dem Auto springen würde, dann gäb's kein Pardon: Er würde sofort zurückgeschickt. Aber einem Flits, der brav sitzen bleibt und sie mit seinem Wer-weiß-wie-lange-ich-noch-da-bin-Blick an schmachtet, kann sie nicht widerstehen.

Trotzdem hoffe ich, dass unser Alter Grauer noch viele Jahre bei uns bleibt, denn … nun ja, man gewöhnt sich aneinander, nicht? Und vielleicht kann ich in der Zwischenzeit noch ein paar Tricks von ihm lernen. Die kann ich dann gebrauchen, wenn ich alt bin, so in fünf, sechs, sieben Jahren…

Und jetzt mal einen Sprung von alt nach neu: Mein Mensch hat ein neues Hundekissen für mein Bettchen, gekauft, weil ich das alte Kissen mit meinen Nägeln bearbeitet hatte. Recht erfolgreich übrigens, all die Schaumstoffflocken machten sich echt prima im Wohnzimmer. Es sah voll lustig aus. Dem Menschen gefiel das glaube ich nicht so super. Sie sagte etwas, das klang wie »Grrrmmmffff…«. Na ja, über Geschmack lässt sich bekanntlich nicht streiten.

Aber zurück zu dem neuen Kissen: Das war natürlich herunter gesetzt, und mein Mensch kann Sonderangeboten für Hundesachen meist nicht widerstehen. Davon haben wir schon oft profitiert.

Diesmal nicht. Das neue Kissen ist nämlich ein ganz dicker Pfropfen. »Das sackt auf die Dauer ein«, sagt mein Mensch, »wenn ihr erst mal eine Weile drauf gelegen habt.«

Soll sie sich doch solange selbst drauf legen, auf dem Ding liegt man nämlich alles andere als bequem! Unter uns gesagt, würde das Kissen bei ihrem Gewicht bestimmt viel schneller einsacken als bei uns zarten Hündchen. Aber mit so einem Vorschlag brauch ich meinem Menschen erst gar nicht zu kommen.

Vielleicht sollte ich da ja auch mal meine Nägel an dem Kissen wetzen und was von dem Schaumstoff raus kratzen? Dann wird es von selbst dünner…

Ich mache "nichts" mit meinen Hunden

Ich lebe zur beiderseitigen Zufriedenheit mit meinen fünf Hunden zusammen. Zumindest dachte ich das immer... bis ich wieder mal in einer Hundezeitschrift lese, wie viel meine Hunde zu kurz kommen. Gutes Futter, dito Versorgung, Spaziergänge und Streicheleinheiten sind nicht genug. Dein Hund braucht Hundekurse, Flyball, Agility, neben dem Fahrrad herlaufen, gemeinsam mit seinem Menschen über Baumstämme balancieren und über Gräben springen und natürlich zuhause die notwendigen Denkspiele und nicht zu vergessen das Training.

Und das mache ich alles nicht mehr. Die Zeiten, wo ich dreimal die Woche zur Hundeschule ging und auch zuhause noch viel mit den - damals noch jungen - Hunden gearbeitet habe, sind vorbei.

Sind meine Hunde trotzdem glücklich? Wenn ich denke, dass sie zufrieden in ihrem Körbchen schlafen, sind sie dann in Wirklichkeit nur apathisch, weil sie die Hoffnung aufgegeben haben, dass noch mal irgendetwas Schönes oder Spannendes in ihrem Leben passiert, wie der Artikel in der Hundezeitschrift mich glauben machen will? Wie sieht man den Unterschied?

Aber ich bin den ganzen Tag mit meinen Hunden zusammen, und so bekommen sie zwischendurch doch viel Aufmerksamkeit, gehen fast überall mit mir hin. Sie fahren mit in Urlaub. Zählt das nicht? Reicht das?

Schließlich liest man auch, dass manche Hunde mit so vielen Aktivitäten völlig überfordert werden und zu wenig Möglichkeiten haben, zur Ruhe zu kommen, weil ihre Menschen es „zu gut meinen". Und meine Hunde sind ja auch keine Jungtiere mehr.

Wenn ich meine Mitbewohner so einzeln betrachte, komme ich zu unterschiedlichen Antworten: Flits und Bonita, meine altgedienten Zwölfjährigen, sind glaube ich ganz zufrieden. Stundenlange Spaziergänge brauchen sie nicht mehr. Aufmerksamkeit und kürzere Spaziergänge, auf denen sie schön schnüffeln können – und rennen, wenn sie Lust dazu haben -, frei, ohne Leine, das ist für die beiden genug. Über Baumstämme balancieren und über Gräben springen können sie, genau wie ich, mit ihren Gelenken sowieso nicht mehr, und ansonsten reicht ihnen ein gemütliches Plätzchen auf der Couch oder dem Hundekissen.

15

Daisy ist mit ihren acht Jahren für einen kleinen Hund noch jung und könnte bestimmt mehr als das, was ich zu bieten habe. Die vielen Kurse, die ich früher mit ihr besucht habe, haben ihr immer viel Spaß gemacht. Wahrscheinlich hätte sie auch jetzt noch Freude daran, anstelle der kurzen Übungen, die ich ab und zu auf den Spaziergängen mit ihr mache.

Aber ihr ist es am Wichtigsten, bei mir zu sein, egal was wir unternehmen. Und dieser Wunsch wird ihr erfüllt: Wir sind immer zusammen.

Dunya ist zwar zehn Jahre alt, aber auch für einen Podenco in dem Alter noch sehr abenteuerlustig. Ab und zu, wenn mich mein Schuldgefühl wieder mal plagt, probiere ich außer den Spaziergängen allerlei Dinge aus, um sie zu beschäftigen, wie Spurensuche und Nasenarbeit. Spurensuche kann ihr gestohlen bleiben, Nasenarbeit macht ihr Spaß. Aber nur kurz. Danach rollt sie sich wieder gern in ihrem Bett zusammen und schläft. »Gut, das war's mal wieder«.

Bei Lilly bin ich mir ganz sicher, dass sie es toll fände in einer großen Familie, wo man stundenlang mit ihr spazieren geht, wo immer was los ist und man Kurse mit ihr besucht. Aber sie ist nun mal bei mir gelandet, in einer relativ ruhigen Lebensumgebung, und wir müssen beide das Beste daraus machen.

Dunya auf Achse

Wir gehen am Kanal entlang spazieren. Dort kann ich Dunya frei laufen lassen, weil es die meiste Zeit gut geht – außer wenn ich doch mal eine Stunde auf sie warten muss oder sie zu unserem Stammcafé im angrenzenden Dorf läuft.

Heute ist Dunya leider auf dem Rückweg abgehauen.

Das war um fünf Uhr heute Nachmittag, und abends hatte ich sie noch immer nicht gefunden. Nicht auf dem Weg oder in den angrenzenden Feldern, nicht im nächsten Dorf, und nach Hause gelaufen war sie auch nicht.

Um acht Uhr abends klingelt es an der Haustür. Mir völlig unbekannte Menschen stehen vor der Tür... mit Dunya. Sie hatten sie im nächsten Dorf gefunden und waren mit ihr zum Tierarzt gefahren in der Hoffnung, dass sie einen Chip hätte und ihre Menschen so gefunden werden könnten.

Der Tierarzt brauchte den Chip aber gar nicht auszulesen; denn als Dunya herein spaziert kam, rief er sofort: »Das ist Dunya!« Ja, meine Podenca ist inzwischen berühmt und berüchtigt.

Die Leute hatten sich gleich in Dunya verliebt und fanden sie „so einen reizenden Hund". Ja, ja...

Die Begrüßung fiel weniger euphorisch aus, als man nach dieser langen Zeit erwartet hätte. Mehr so, als sei sie gerade mal zehn Minuten weg gewesen. Anscheinend hat ihr das Abenteuer ganz gut gefallen. Warum auch nicht? Die Leute waren nett, den Tierarzt kennt sie auch, also warum rum stressen? Das überlässt sie lieber mir... Und... wo ihr Abendessen blieb?

Ach, ein paar graue Haare mehr oder weniger fallen bei mir doch nicht weiter auf.

Nasenarbeit für Lilly

Lilly ist unglaublich verfressen und schlingt ihr Futter innerhalb weniger Sekunden in sich hinein, wenn sie es im Futternapf serviert bekommt. Um ihr Fressen etwas ruhiger zu gestalten und sie gleichzeitig zu beschäftigen, habe ich einen großen Karton mit allerlei Attributen eingerichtet, in denen ich Bröckchen verstecken kann und in dem sie für ihr Fressen „arbeiten" muss – und darf! Eine Flasche, die sie nach unten drücken, einen Eierkarton, den sie öffnen muss.

Zwischendurch probiere ich auch das Aufspüren aus, wie ich dies manchmal mit Dunya tue. Dafür benutze ich drei umgedrehte Blumentöpfe und lege unter einen davon ein Leckerchen. Dunya erschnüffelt dabei immer sehr ruhig und konzentriert ihre Belohnung.

Lilly nicht. Es war eine fast unmögliche Aufgabe, die Leckerchen so hoch zu halten, dass mein Gummiball Lilly nicht dran kam, und gleichzeitig die Blumentöpfe mit dem Boden nach oben hin zu stellen, geschweige denn die Bröckchen unter die Töpfe zu legen. Alle drei Blumentöpfe waren schon durch den Garten gekickt, bevor ich die Gelegenheit dazu bekam.

Nach einigen vergeblichen Versuchen hat es dann doch noch geklappt. Beim ersten Mal schob Lilly den Blumentopf vor sich her; das dauerte ihr dann aber zu lange, und sie schlug ihn kurzerhand mit der Pfote um.

Nasenarbeit? Erschnüffeln, unter welchem Topf es was zu holen gibt? Aber nicht doch, einfach alles umschmeißen, das Futter findet man dann von selbst!

Aber immerhin, ein schönes Spiel, und sie braucht eine ganze Minute für ihre Mahlzeit anstelle von zwanzig Sekunden...

Abschied von Flits

Am 9. Juli 2009 habe ich Flits einschläfern lassen. Ich hatte ihn mit vier Monaten aus dem Tierheim geholt, und er ist dreizehn Jahre alt geworden.

Das Auffälligste an Flits ist all die Jahre seine unglaubliche Fröhlichkeit gewesen, sein Genuss der kleinen Dinge des Lebens. Genau wie Daisy war auch Flits am liebsten bei uns. Es machte ihm nichts aus, was wir unternahmen. Er fand alles prima, solange er mit durfte.

Wir haben in seiner Jugend viele Kurse bei der Hundeschule mit ihm besucht, Unterordnung – wie das damals hieß – und Agility. Und auch das fand er toll.

1999 hat Tom mit Flits an der „Drentse wandelvierdaagse", teilgenommen, einer viertägigen Wanderung in unserer Umgebung. Und wie Flits das genossen hat! Vier Tage mit Herrchen unterwegs, Glück pur!

Nur wenn er sah, dass Urlaubsvorbereitungen getroffen wurden, lief er unruhig und unglücklich umher. Aber wenn ich dann rief: »Komm, Flits!«, sprang er ins Auto, und auch wenn er zwischen dem ganzen Gepäck nicht so viel Platz hatte, hat ihn das überhaupt nicht gestört.

Urlaub fand er prima, aber auch zuhause fühlte er sich wohl. Ich kann mich noch an einen Urlaub in einem wundervollen französischen Naturgebiet erinnern, wo Flits auch mit dabei war und wir weitschweifende Spaziergänge in die herrliche Umgebung unternommen hatten. Kaum wieder zuhause, heulte Flits im Auto vor Freude, als wir zum ersten Mal wieder zum Spaziergang in der vertrauten Umgebung aufbrachen. Es ist durchaus ein schönes Fleckchen Erde, unsere Provinz Drenthe, aber wir fanden es doch recht bescheiden, verglichen mit der phantastischen Natur, die wir in Frankreich gesehen haben.

Auch als Spürhund hat Flits sich seine Sporen verdient, wenn Dunya wieder mal selbstständig zu einem Spaziergang aufgebrochen war. Oftmals hat er sie dann wiedergefunden.

Zuhause lag Flits am liebsten bei der Haustür und hat uns und das Haus „bewacht". Irgendwann habe ich es aufgegeben, ihn ins Wohnzimmer umziehen zu lassen und habe ein schönes dickes Kissen für ihn in den Flur gelegt.

Wenn man allein mit ihm spazieren ging, gehorchte Flits unglaublich gut. Ein Wort, eine Handbewegung reichten völlig aus. Waren wir jedoch mit allen Hunden unterwegs, mutierte er in das Musterbeispiel eines Schäferhundes, musste alles überwachen und uns beschützen... seiner Meinung nach. Dabei ging er mit fremden Hunden nicht gerade zimperlich um, was vor allem in den ersten Jahren seines Lebens oft für Probleme gesorgt hat.

Mit den Jahren ist er milder geworden. Aber auch als er schon alt war, genoss er so sehr unsere Spaziergänge und eigentlich alles, was man mit ihm unternahm.

Als er zwölf Jahre alt war, begann er etwas schwächer auf der Hinterhand zu werden, an sich noch kein Grund zur Sorge. Mit ein paar kleinen Anpassungen ging das prima. Für das Auto bekam er eine Einstiegshilfe; sein Liegeplatz im Auto wurde in die „untere Etage" verlegt.

Im Laufe der Zeit wurden seine Hinterbeine jedoch immer schwächer, und irgendwann sahen wir die Kraft in den Hinterläufen beinahe täglich abnehmen. Er konnte nicht mehr lange traben, und wenn er langsam lief, rutschte er aus, lief überall dagegen, weil er sein Gleichgewicht nicht mehr halten konnte, fiel um oder sackte einfach durch die Hinterpfoten.

Der Grund war ein eingeklemmter Nerv, der so stark mit dem Bindegewebe verwachsen war, dass man auch operativ nichts daran machen konnte.

In seiner letzten Lebenswoche bekam Flits auch noch einen epileptischen Anfall, hatte Probleme, seinen Darm zu kontrollieren, und war alles in allem einfach am Ende.

Ab und zu sah ich noch den fröhlichen Flits von früher, aber das wurde immer seltener. Er schaute traurig in die Welt, und es tat mir weh zu sehen, wie er sich durchs Haus schleppte. Seine Zeit war gekommen. Er hatte Recht auf Würde und Ruhe.

Wie beschreibt man das Gefühl, dass man einen Hund gehen lassen muss, der dreizehn Jahre lang praktisch ständig um einen war? Flits war mein Kumpel, mein Fels in der Brandung.

Eine Bekannte hat mir etwas geschrieben nach Flits' Tod, dass ich so ein schönes Bild finde, dass ich damit gern abschließen möchte:

»Ich glaube an die Regenbogenbrücke, was man sich von ihr erzählt! Ich bin überzeugt, dass Flits da nun seine Runden dreht mit Rubis, Pacho und Seronda! Sie werden im grünen Gras, unter einem Baum im Schatten liegen mit der Gewissheit des Wiedersehens, irgendwann, mit all ihren Lieben!

Immer wenn es regnet, wird auch einer der vielen Regentropfen jeweils von Flits, Rubis, Pacho und Seronda „nur für Sie" geschickt worden sein... wenn die Sonne scheint, ein Sonnenstrahl... wenn es schneit, eine Schneeflocke... wenn der Wind weht, ein Hauch... und in der Nacht, wenn die Sterne am Himmel funkeln - ein Stern leuchtet von jedem Ihrer Lieben, nur für Sie allein...! Jeder einzelne hat einen festen Platz in Ihrem Herzen auf immer und ewig - umgedreht ist es ebenso, seien Sie dessen gewiss!

Liebe ist unvergänglich, egal auf welcher Ebene des Seins wir uns befinden !«

Luca – ein Angsthund findet sein Zuhause

Nach zwei Jahren ohne Herdenschutzhund hatte ich das Bedürfnis, wieder einen Hund aus dieser Rassengruppe aufzunehmen. Das wurde Luca, eine dreijährige Mastin Español-Hündin. Sie kam aus Spanien und wohnte seit einem Jahr bei einer deutschen Pflegefamilie. Laut der Beschreibung kam sie gut mit anderen Hunden aus, war stubenrein und ruhig im Haus. Auf den Spaziergängen konnte sie frei laufen und rannte gern und viel.

Warum war ein solcher Hund nach einem Jahr noch immer

nicht adoptiert? Weil Luca extrem ängstlich war.

Ende Oktober 2009 fuhren wir nach Süddeutschland, um Luca kennenzulernen. Und es war beinahe Liebe auf den ersten Blick, zumindest von meiner Seite. Trotz ihrer Angst entschloss ich mich zur Adoption, und so machten wir uns – buchstäblich – auf eine lange Reise.

Anfangs zeigte Luca sich ab und zu aggressiv meinen anderen Hunden gegenüber, aber durch ein paar Anpassungen legte sich das Problem relativ schnell. Mit Kater Krieltje gab es keine Probleme.

Die Probleme waren von anderer Art. Luca ist wahrscheinlich nicht sozialisiert worden, und die Erfahrungen, die sie mit Menschen gemacht hat, sind wohl in ihren ersten Lebensjahren nicht die besten gewesen. Sie war so traumatisiert, dass sie anfangs auf dem Bauch an gekrochen kam, wenn ich sie rief, sich wochenlang auf den Rücken warf, wenn ich ihr Halsband und Brustgeschirr anlegen wollte, bei jeder Bewegung und jedem Geräusch zusammenzuckte und panisch wurde, wenn ich etwas in der Hand hielt, das größer war als eine Kaffeetasse.

Die ersten Monate konnte man nur nachts mit ihr auf die Straße gehen, und jede Veränderung in Haus oder Garten ließ ihre Ängste auch nach Jahren erneut aufleben.

Aber mit viel Geduld, Liebe, Verständnis und konsequentem Auftreten ist es gelungen, Lucas Vertrauen zu gewinnen und sie in ein glückliches Hundeleben zu begleiten.

Manche Dinge bleiben schwierig; Luca wird nie ein „ganz normaler" Hund werden. Sie hat immer noch Angst vor zu viel Trubel, lauten Geräuschen und fremden Menschen und Situationen. Auch hasst sie jegliche Veränderung, was allerdings nicht nur an ihrer Angst liegt, sondern eine durchaus typische Charaktereigenschaft der Herdenschutzhunde ist. Ihre Verlassungsängste hat sie nicht verloren; sie kann nicht allein bleiben, außer – seltsamerweise – im Auto.

Im Laufe der Zeit habe ich mein Leben, meine routine-mäßigen Tagesabläufe an Lucas Möglichkeiten und Ein-schränkungen angepasst. Und diese Investition ist sie mehr als wert.

Sie fährt gern im Auto mit, von Anfang an, und genießt un-sere Spaziergänge. Sie liebt Wasser; kein Bach oder stinkender Graben ist vor ihr sicher. Schnee findet sie auch toll.

Luca gehorcht im Allgemeinen sehr gut; meist reicht eine leise vorgebrachte Bitte oder eine kleine Handbewegung.

Kurz: ein toller Hund, aber eben mit „Gebrauchsanwei-sung".

Spaziergang mit Hindernissen

Ich fahre einen VW-Bus. Mein Dogmobil, ganz für die Hunde eingerichtet mit Transportkäfigen, Hundekörben, Ha-ken für Leinen, Stauraum für Hundemäntel, Handtücher und was man sonst noch so alles braucht, wenn man täglich bei Wind und Wetter mit fünf Hunden unterwegs ist.

Jetzt ist der Bus in der Werkstatt. Aber die Hunde müssen doch Gassi gehen. Bis vor sechs Wochen wäre das kein Pro-blem gewesen, denn dann wäre ich von zuhause aus spazieren gegangen. Aber seit ich Luca adoptiert habe, ist das nicht mehr möglich. Denn sie ist noch immer so ängstlich, dass ich mit ihr nicht auf die Straße kann. Autofahren ist kein Problem und laufen in der freien Natur auch nicht; sie kann also immer prima mit, solange wir im Auto zu der Stelle fahren, wo wir spazieren gehen wollen.

Aber wie soll das jetzt gehen, ohne mein Dogmobil? Zum Glück kann ich Toms Auto leihen, um doch mit den Hunden wegfahren zu können. Na ja, Auto… wenn man normalerweise einen Kleinbus fährt, ist ein kleiner Fiat doch recht gewöhnungsbedürftig.

Bis auf Greyhound Bonita müsste es dennoch klappen, alle Hunde darin unterzubringen, zumindest wenn Luca dieses Wägelchen als Transportmittel akzeptiert. Bonita ist schon dreizehn Jahre alt, hat Arthrose und findet es ganz angenehm, ab und zu einen Spaziergang auszulassen.

Ich gehe also erst eine kleine Runde mit Bonita und installiere sie danach gemütlich zuhause mit einigen Pansenstreifen. Dann geht's an die Arbeit: Erst decke ich alle Sitze im Auto mit Tüchern ab, klappe die Stuhllehnen nach vorn (ja, es ist auch noch ein zweitüriger Wagen) und lade Luca mit einem fröhlichen »Komm, einsteigen!« ein, in dem Gefährt Platz zu nehmen. Anscheinend denkt sie: »Es hat vier Räder und steht auf der Auffahrt, also wird es wohl ein Auto sein...«, und mit dem Mut der Verzweiflung springt sie auf den Rücksitz.

Das passt zwar, aber nur knapp. Luca füllt den Rücksitz vollständig aus.

Podenco Dunya regt sich über nichts auf, außer über Kaninchen, und springt ganz entspannt auf den Beifahrersitz. Mein Springfloh Lilly passt noch gerade so neben sie.

Malteser Daisy findet einen Platz im Fußraum zwischen Hundeleinen, meiner Tasche und Handtüchern.

Jetzt ich noch. Ich quetsche mich hinters Steuer und erlebe ein völlig neues Fahrgefühl. Das Auto ist so niedrig, dass es mir scheint, als säße ich auf dem Boden und meine Knie kämen bis an die Ohren.

Das Seltsame ist, dass ich mein halbes Leben „normale" Personenautos gefahren bin und gar nicht begeistert war, als mein Partner einen Kleinbus kaufen wollte. Aber wenn man täglich mit fünf Hunden unterwegs ist und mit seinem Fahrzeug einschließlich Hunden auch noch in Urlaub fahren will, ist so ein Kleinbus ein ideales Fortbewegungsmittel. Und seit ich mich daran gewöhnt habe, will ich kein anderes Auto mehr.

Ich fahre nur ein kleines Stück, denn wirklich verkehrssicher ist es so natürlich nicht. Dann geht es ans Ausladen. Auch dabei kann ich nicht auf meine eingespielte Routine zurückgreifen. Erst muss Dunya, eine notorische Wegläuferin, festgelegt werden, bevor sie selbstständig aus dem Auto steigen und die Umgebung erkunden kann. Die Kleinen dürfen ohne Leine aus dem Auto springen. Dann muss ich in dem ganzen Chaos, das auf dem Boden herrscht, die Ausziehleine, meine Kappe und die anderen notwendigen Leinen heraussuchen. Dunya an die Ausziehleine. Ha, endlich können wir spazieren gehen.

Mitten auf der Heide steht ein Kleinbus mit laufendem Motor. Einige Männer stutzen dort die Bäume und Sträucher. Da ich zu Recht erwarte, dass Luca darauf panisch reagieren wird, leine ich sie an. Vielleicht traut sie sich ja mit mir zusammen daran vorbei?

Nein, traut sie sich nicht. Und jetzt weiß ich auch, dass ich sie nicht halten kann, wenn sie wirklich weg will. Sie gibt einen derartigen Ruck an der Leine, dass ich sie loslassen muss, um nicht zu fallen, und Luca sucht das Weite. In großer Entfernung bleibt sie stehen und schaut zu uns herüber.

Was jetzt? Ich könnte Luca natürlich abholen und dann einen anderen Weg einschlagen. Aber daraus würde sie lernen, dass fliehen hilft. Darum laufe ich ihr ungefähr bis zur Hälfte entgegen, rufe sie zu mir und nehme, als sie kommt, die Leine wieder in die Hand.

Die Männer sind sehr nett und haben inzwischen den Motor abgestellt. Sie stehen alle auf der einen Seite des Autos, so kann ich mit Luca auf der anderen Seite vorbeilaufen und sie loben, wie toll sie das macht.

Danach darf sie wieder frei laufen, um den Stress „herauszurennen".

Wir kehrten zum Auto zurück, und das ganze Ritual des Einladens wiederholte sich... und heute Mittag das Ganze noch mal.

Ich bin froh, wenn ich mein Dogmobil wieder habe!

Dunya erzählt: Gehorchen lohnt sich... manchmal

Das entdecke ich jetzt in meinem elften Lebensjahr. Denn ich darf öfter frei laufen als früher, weil ich – zumindest an einer bestimmten Stelle – praktisch immer in der Nähe bleibe.

Beim letzten Freilauf hatte ich trotz Wind und Regen solche Lust zu rennen, dass ich sofort im Rekordtempo den Weg entlang rannte. Mein Mensch sah das und befürchtete das Schlimmste, aber als sie und die anderen Hunde mich – nach einer halben Stunde oder so – endlich eingeholt hatten, war sie angenehm überrascht, dass ich am Wegrand still stand. Und da blieb ich auch stehen. Minutenlang. In der typischen Podencohaltung: eine Vorderpfote hochgezogen, den Kopf schief, Ohren nach vorne. Ich hatte eine Maus im Gras rascheln gehört.

Mein Mensch rief mich, weil sie wieder zurückgehen wollte, und winkte einladend mit der Käsedose.

Da stehst du dann und musst abwägen: Maus oder Käse, Maus oder Käse… Zwischen diesen zwei Möglichkeiten schaute ich eine Weile hin und her, aber dann entschied ich mich doch für den Käse, denn der ist mir wenigstens sicher, die Maus dagegen nicht.

Mein Mensch war sichtlich begeistert von meiner Wahl. Den ganzen Rückweg blieb ich in ihrer Nähe, was mir ziemlich viel Käse und andere Leckerchen eingebracht hat.

Kurz vor dem Auto muss ich immer an die Leine, das weiß ich. Mein Mensch ist da auch ganz deutlich: Zwischendurch ruft sie mich, ich kriege ein Stück Käse, und sie lässt mich wieder „frei". Aber am Ende des Spaziergangs fragt sie: »Bist du fertig?« und zeigt mir die Leine. Dann kann ich selbst entscheiden, ob ich komme oder nicht.

Die letzte Zeit komme ich recht oft, denn dann darf ich den Rest des Käses aus der Dose fressen, die anderen Hunde nicht. Obwohl die immer in der Nähe meines Menschen bleiben. Also ganz fair ist das nicht, aber jeder muss sehen, wo er bleibt…

Als wir wieder beim Auto waren, fand mein Mensch, dass ich mich so super gut benommen hatte, dass wir Kaffee verdienten. Sie raucht – ja, ich weiß! – und wie allgemein bekannt ist, herrscht seit dem Juli 2008 ein allgemeines Rauchverbot in Cafés. Nun sollte man erwarten, dass mein Mensch dann halt nicht raucht, aber sie hasst es – übrigens genau wie ich – wenn man ihr Regeln vorschreibt.

Also reagiert sie bockig und setzt sich auf die Terrasse, wenn sie Kaffee trinken geht. Auch im Winter. Daisy ist immer mit dabei (wie ein Eskimo eingepackt), und manchmal wählt mein Mensch auch noch einen von uns anderen Hunden aus, der sie ebenfalls dabei begleiten darf. Die Hunde, die im Auto bleiben, werden zugedeckt, soweit das nötig ist (bei Luca und Lilly ist es das nicht...), und für den Hund, der mit auf die Terrasse kommt, schleppt sie Kissen und Decken an, damit der "Terrassen-Hund" nicht friert. Na ja, wenn sie dann unbedingt auch im Winter draußen sitzen will, ist das ja wohl auch das Mindeste, was man erwarten kann. Aber ich muss zugeben, dass sie sich auf ihre Art Mühe mit uns gibt.

Manche Cafés hier in der Nähe haben überdeckte Terrassen und Partyzelte, einige sogar mit mobilen Öfen.

Kurz und gut, mein Mensch schleppte mich also mit in so ein Partyzelt. Eins ohne Ofen. Hm, fand ich ja weniger gut. Dann legte sie ein dickes Kissen für mich auf den Boden. Aber der Regen schlug schräg in das Zelt herein, und ich wurde nass.

Mein Mensch hat das überhaupt nicht mitgekriegt und fragte die ganze Zeit blöd: »Was hast du denn, Mädchen? Ist doch ein schönes warmes Kissen...«. Nach einer Weile fiel dann endlich der Groschen – wurde aber auch Zeit! – und sie bettete mich auf ein schönes trockenes Plätzchen.

Okay, so finde ich es auch einigermaßen gemütlich, wenn wir schon draußen sitzen müssen. Aber was mich betrifft, sollte so bald wie möglich der Frühling einziehen, oder mein Mensch sollte endlich mit der Raucherei aufhören!

Eine Woche später, am 4. Februar 2009, an derselben Freilaufstelle: Auch diesmal habe ich toll gehorcht, muss ich sagen. Als ein Radler vorbei kam, bin ich schnell zurück zu meinem Menschen gerannt. Sie flippte fast aus vor Freude und hat mich mit Käse vollgestopft. Aber der Grund, warum ich zu ihr laufe, wenn ich Menschen begegne, ist ganz einfach: Ich bin mal von ein paar dieser Exemplare „gefangen" und ins Tierheim gebracht worden. Fand ich nicht so gut...

Als ich in die Felder lief und mein Mensch mich rief, kam ich zurück. Ja, ich war selbst ganz platt und mein Mensch auch. Ich habe echt den vorbildlichen Podenco raus hängen lassen.

Aber dann kamen wir wieder in die Nähe des Autos, und mein Mensch ließ mich immer noch frei laufen. Das hätte sie besser bleiben lassen. Nichts wie weg, ich hörte sie noch rufen und mit der Käsedose klappern. Sorry, ein andermal. Quer Feld ein in vollem Galopp, herrlich!

Aber auf einmal hatte ich die Orientierung verloren und fand das Auto nicht wieder. Und mein Mensch war auch nirgends zu sehen. Das hatten wir doch schon mal?! Auch jetzt bin ich lieber auf Nummer Sicher gegangen und in unserem Stammcafé eingekehrt.

Die Wirtin ließ mich auch gleich ein, und ich fing an zu heulen. Obwohl mein Mensch nur einen Kilometer Luftlinie von mir entfernt war, hörte sie mich nicht. Zum Glück hörte sie aber ihr Handy klingeln, als die Wirtin sie anrief...

Was für eine Freude, als ich unser Auto hörte, ich musste gleich wieder heulen. Mein Mensch freute sich auch. Sie fand allerdings, dass ich stank. Fand ich gar nicht.

Zuhause waren wir alle kaputt und haben uns erst mal aufs Ohr gelegt – ja, mein Mensch auch. War die Couch eigentlich immer so hoch? Ich konnte kaum drauf springen mit meinen müden Knochen.

Der Windhundgott und meine Schutzengel haben wieder mal ihre Hände (oder Pfoten?) über mich gehalten. Und das Gehorchen ist ja ab und zu ganz nett, aber das nicht Gehorchen bringt mehr Spannung in die Bude, und das brauche ich halt als Podenco manchmal.

Daisy in der Großstadt

Nach fünfzehn Jahren Wohnen in Drenthe bin ich ein richtiges „Landei" geworden. Dennoch macht es mir Spaß, ab und zu nach Rotterdam zu fahren, wo ich zuvor zwanzig Jahre lang gelebt habe, um Familie und Freunde zu besuchen. Die dazugehörige Zugfahrt erfahre ich als recht stressig; aber mit Daisy habe ich eine tolle Reisegefährtin.

Auf der Hinfahrt mussten wir – trotz gegenteiliger Informationen von Bahn und Internet – zwei Mal umsteigen, und mit Rucksack, Tasche und Malteser unterm Arm zum Zug rennen, gehört nicht zu meinen Lieblingsbeschäftigungen.

Aber alles ging glatt. Ich hatte ein Handtuch für Daisy mit. Sie kennt das „Platz"-Kommando, und wo ich das Handtuch auch hinlegte, sie legte sich brav drauf.

Nach der dreistündigen Zugfahrt mussten wir noch ein ganzes Stück mit der Straßenbahn fahren. Aber auch das ging prima. Es war ihr zwar etwas unheimlich, aber sie machte es sich auf meinem Schoß gemütlich und verhielt sich ruhig.

Der nächste Tag war auch gut ausgefüllt. Wir hatten uns mit einigen Leuten verabredet und waren praktisch den ganzen Tag unterwegs. Durch die Stadt laufen, Einkaufsbummel, ab und zu auf der Suche nach einem winzigen Stückchen Grün, sodass Daisy sich lösen konnte... was nicht einfach ist im Zentrum von Rotterdam. Meistens musste sie sich mit einem kleinen grünen Kreis um einen Baumstamm herum begnügen. Die mitgenommenen Kotsäckchen leisteten gute Dienste...

Zwischendurch ließen wir uns auf Caféterrassen nieder, Daisy brav auf ihrem Handtuch, und schauten uns die Leute an.

Obwohl sie keinen „richtigen" Spaziergang bekommen hatte, war Daisy abends hundemüde. Alle Eindrücke wurden in ihrem Träumen verarbeitet, sie bellte leise und zuckte mit den Pfoten.

Am nächsten Tag gingen wir an einen See, zum Hundestrand. Ich hatte erwartet, dass Daisy völlig ausflippen würde vor Freude, endlich wieder richtiges Grün, endlich Gras und Sand und Wasser, endlich wieder ein „richtiger" Spaziergang.

Aber sie hielt sich sehr zurück, nahm kaum Kontakt zu anderen Hunden auf und saß oft, hinter meinem Rücken versteckt, auf dem Handtuch. Wenn Hunde zu unserem Liegeplatz kamen, verteidigte sie den voller Überzeugung. Egal wie groß der andere Hund auch war, sie knurrte jeden an.

Inzwischen war sie an die Straßenbahn gewöhnt. Zum ersten Mal saß sie entspannt auf meinem Schoß und schaute nach draußen.

Insgesamt sind wir in den paar Tagen bei vier verschiedenen Leuten zu Besuch gewesen, dazu die Stadt, der See und die Caféterrassen. Und alles ging prima.

Schlafen? Neben Frauchen im Bett, auf ihrem Handtuch, die normalste Sache der Welt. Daisy ist wirklich ein idealer Hund, den man überall hin mitnehmen kann!

(Keine) Winterreifen

Ich wohne sehr gern im Norden der Niederlande. Ja, auch im Winter. Ja, auch wenn Schnee liegt. Besonders wenn Schnee liegt – denn hier ist es zumindest noch richtiger Schnee und kein undefinierbarer brauner Matsch wie in den Großstädten – nur dumm, dass ich zwei Mal am Tag mit dem Auto weg muss, um mit den Hunden spazieren zu gehen.

Die Hauptstraße in unserem Dorf und die Durchgangsstraßen werden geräumt. Bei allen übrigen gilt: wenig Gas geben, vor allem nicht bremsen, und hoffen, dass es gut geht. Leider sind gerade das die Straßen, auf denen ich fahren muss, ob ich will oder nicht, um zu den Stellen zu kommen, an denen ich die Hunde ausführen kann.

Mit Winterreifen ist das wahrscheinlich alles kein Problem, aber ich fahre einen alten Postbus, dessen Reifen für gepflasterte Straßen gedacht sind und nicht für den Dschungel. Ende der Woche schenke ich meinem Büslein neue Vorderbeine in Form von All-Seasons-Reifen. Aber bis dahin muss ich mich mit den „Kinderwagenrädern" begnügen, mit denen es zurzeit noch bestückt ist.

Das bedeutet, dass die Räder sich schon auf minimaler Schneedecke festfahren. Und dann höre ich auch schon das bekannte Brummen, das von den sich nutzlos drehenden, verärgerten Reifen stammt, die auf der Fahrbahn keinen Halt finden und darum nicht weiter wollen, und ich muss Kartoffelsäcke unter die Reifen schieben, um meinem Büslein bei seiner schweren Aufgabe unter die Arme bzw. unter die Reifen zu greifen.

Auch Parkbuchten am Straßenrand sind bei diesem Wetter heimtückisch, zumindest für mich, denn die Räumfahrzeuge nutzen gerade diese gern, um den Schnee dort aufzutürmen.

Für meinen Bus einfach unmöglich, da drüber zu kommen, sodass ich wieder zur Schaufel greife – Sie können sich nicht vorstellen, was ich im Winter alles im Auto habe – um ihn auszugraben.

Bevor das zum Ende der Woche angekündigte Tauwetter einsetzt, wollte ich Dunya noch einmal Freilauf gönnen, damit sie, wie die anderen Hunde, den Schnee genießen kann. Normalerweise meldet sie sich beim Freilauf zwischendurch; aber wenn Schnee liegt, sehe ich sie meist nur am Anfang und am Ende des Spaziergangs.

Es ist kein Zufall, dass die Stelle, an der ich meiner notorischen Wegläuferin den Freilauf ermöglichen kann, sehr abgelegen liegt. Mit 20 km/h krieche ich über die Eisbahn, die früher mal eine Straße war. Das letzte Stück muss ich auch noch einen Hügel hinauf, und um dem Ganzen noch ein bisschen mehr den Geschmack von Abenteuer zu geben, fällt das Gelände hinter dem Hügel steil ab und mündet in einen Kanal. Es erfordert viel Finger- bzw. Fußspitzengefühl, gerade genug Gas zu geben, um den Hügel hinaufzukommen, aber auch wieder nicht so viel, dass ich am anderen Ende abstürze. Die Reifen und damit der ganze Bus scheinen ein Eigenleben zu führen, und ich schlitterte unkontrolliert in alle Richtungen.

Schließlich klappt es doch noch. Nicht was ich „gut eingeparkt" nennen würde, aber letztendlich habe ich es doch geschafft, den Bus so abzustellen, dass eventuelle andere tapfere Autofahrer, die Schnee und Eis die Stirn bieten wollen, noch an mir vorbeikommen.

Endlich kann ich die Hunde ausladen.

Dunya amüsiert sich köstlich... das denke ich zumindest, denn zu sehen bekomme ich sie höchst selten. Sie ist im Winterwunderland, und dabei braucht sie mich nicht unbedingt.

Luca und Lilly rennen nach Herzenslust; Daisy latscht etwas missmutig in meinen Fußspuren. Für einen Malteser ist es nicht so leicht, durch den hohen Schnee zu laufen, der auch noch an ihrem Fell kleben bleibt. Aber für Daisy ist es selbstverständlich, dass sie mitgeht, wohin ich auch gehe und was wir auch unternehmen.

Ich bin froh, dass Bonita zuhause geblieben ist – für einen dreizehnjährigen Greyhound mit Arthrose ist es nicht gerade angenehm, bei starkem Wind und fünf Grad Frost durch Hochschnee zu waten! Und ich pflüge tapfer durch das jungfräuliche Weiß, das mir bis über die Fesseln reicht.

Ja, schön ist es. Wunderschön!

Und wenn ich ab nächster Woche bessere Reifen habe, werde ich die Pracht noch viel mehr genießen können, ohne die ständige Angst, dass mein Büslein mit mir Schlitten fährt.

Schmutzfinken

Ich hatte den Spaziergang zeitlich genau geplant, denn gleich anschließend wollte ich mit Luca zum Tierarzt wegen einer kahlen Stelle an ihrem Schwanz.

Eigentlich hätte ich es wissen müssen: Wenn ich einen Zeitplan aufstelle, dann weiß ich schon vorher, dass immer, aber auch wirklich immer, Unvorhergesehenes dazwischenkommt, das meinen schönen Plan über den Haufen wirft. Der heutige Tag war keine Ausnahme.

Luca rannte fröhlich und ausgelassen über die Wiese. Toll um das zu sehen, bis sie wieder zu ihrer Lieblingsstelle lief, wo sie sich in Unrat wälzte. Was genau dort liegt, weiß ich nicht. Aber eins weiß ich: Es stinkt! Mein »Nein!« erreichte Luca leider erst nach ihrer zweiten Umdrehung. Hals, Brust und Rücken waren also bereits verdreckt.

Jetzt wo das Wetter so angenehm ist, wasche ich sie gleich hier an Ort und Stelle. Ich dirigiere sie zu einem kleinen Teich, wo ich mit bloßen Händen versuche, sie einigermaßen sauber zu kriegen. Nach der „Wäsche" war Lucas weißes Fell mit grünen Streifen überzogen. Das sah zwar auch nicht gerade super aus, aber wenigstens stank es weniger.

Daisy half auch mit, meine Pläne zu durchkreuzen, sie blieb in einiger Entfernung auf der Wiese stehen, während wir schon auf dem Rückweg waren. Daisy läuft nie weg, also brauchte ich auf sie nicht zu warten und lief weiter. Sie würde mich schon finden.

Sie fand mich zwar, aber auch sie war von Kopf bis Fuß schmutzig. Sie hatte diese verlockende Stelle mit dem Unrat also auch gefunden.

Dunya hatte ich an der langen Leine, damit sie nicht abhauen konnte. Die zehn Meter Freiheit scheint sie aber nur zu benutzen, um Schaf- und Hundekot sowie Pferdeäpfel aufzuspüren und dann zu verzehren.

Ich habe versucht, ihr das abzugewöhnen, indem ich sie mit Leckerchen belohne, wenn sie diese „Delikatessen" liegen lässt. Aber wenn ich auch nur ein paar Sekunden nicht aufpasse, weil einer der anderen Hunde meine Aufmerksamkeit fordert, hat sie schon wieder was gefressen, und ich kann mit dem Training von vorn anfangen. Das macht also wenig Sinn.

Auch jetzt suchte sie wieder die Gegend ab… und hatte Erfolg. Herausfordernd schaute sie zwischen mir und einem Haufen Schafkot hin und her. Ich sagte: »Nein!«, sie schaute mir gerade ins Gesicht und begann dann mit ihrer illegalen Mahlzeit. Nun weiß ich, dass Dunya unglaublich eigensinnig ist, aber es gibt Grenzen. Das ging sogar mir zu weit. Ich nahm sie an die kurze Leine. Keine Snacks mehr, nicht schnüffeln, Schluss mit lustig.

Als ich wieder beim Auto war, sah ich Luca und Daisy in der Ferne auf der Wiese stehen. Anscheinend hatten sie noch keine Lust, zurückzukommen. Ich hatte die Nase jetzt gestrichen voll, stieg ins Auto und fuhr weg. Sollen sie sich ruhig mal erschrecken!

Und das taten sie. Ich fuhr natürlich gleich wieder zurück und fand zwei bestürzt dreinschauende Hunde, die nur allzu gern ins Auto wollten.

Bevor ich Luca einsteigen ließ, unternahm ich einen weiteren Versuch, dem Gestank zu Leibe zu rücken, für den bevorstehenden Tierarztbesuch. Dieses Mal gebrauchte ich alles, was ich im Auto finden konnte: sauberes Wasser, Lufterfrischer und Reinigungsgel für die Hände. Ich war ganz zufrieden mit dem Resultat, Luca allerdings weniger.

Am Waldsee

Ich fahre mit den Hunden an einen Waldsee, der jetzt fast ausgetrocknet ist. Bonita amüsiert sich in den großen Pfützen, die noch übrig geblieben sind. Dunya hat mir an ihrer langen Leine auf dem Hinweg zwar den Arm lang gezogen, aber als wir beim See sind, schnüffelt sie eine Weile und legt sich schließlich mit einem großen Ast hin, von dem sie die Rinde abnagt.

Luca spielt mit den beiden Kleinen. Als sie damit fertig sind, meint Luca anscheinend, Dunyas Ast sei durchaus groß genug für zwei, und so nagt jeder an einem Ende. Die zwei Kleinen wuseln inzwischen herum, schnüffeln, graben, spielen im Wasser.

Spektakulär ist das alles nicht, aber für mich Genuss pur! So mitten in der Natur, grün soweit das Auge reicht, und meine Fünferbande zufrieden um mich herum.

Auf dem Rückweg Rascheln im Gebüsch. Reh? Kaninchen? Keine Ahnung. Luca, Lilly und Daisy preschen vor, Bonita meint nur »Na und?« und schlendert weiter, und Dunya stellt zum Glück nur die Ohren auf, reißt aber nicht an der Leine.

Auf mein Pfeifen kommen die beiden Kleinen sofort zurückgerast (super!), aber Luca nicht. Nach einer Minute bequemt sie sich dann, erschöpft, mit hängender Zunge, zurückzukommen. Nun wäre das für Podenco Dunya eine Meisterleistung, aber bei Luca habe ich meine Erziehungsversuche noch nicht aufgegeben. Sie wird also an die Leine „strafversetzt".

Ob das auf Dauer etwas bringt, weiß ich nicht. Aber die schlaue Lilly hat den kausalen Zusammenhang herstellen können (nicht gehorchen bedeutet: an die Leine), bei ihr hat die Methode also gewirkt. Vielleicht klappt es bei Luca ja auch.

Dunya erzählt: Beim Dogsitter

Das kleine Frauchen hat ihr Studium beendet. Ja, das ist auch so was Seltsames: Die Tochter meines Menschen nennen sie so, obwohl sie ihre Mutter haushoch überragt. Aber gut, alle ganz aufgeregt, und mein Mensch erzählt überall ganz stolz herum, dass das kleine Frauchen fertig ist mit Studieren (Wen interessiert das schon…?!).

Sie kriegt also ihr Diplom, und mein Mensch war monatelang damit beschäftigt, eine Lösung für uns Hunde zu finden, weil sie bei der Diplomverleihung dabei sein wollte. Was die sich alles ausgedacht hat…

Trotzdem war das gar nicht so einfach. Die einzige Lösung wäre gewesen, dass wir in einer Hundepension übernachtet hätten. Das soll eine Lösung sein? Mein Mensch dachte zum Glück genauso darüber, das wollte sie uns nicht antun. Also wollte sie nicht zur Diplomverleihung gehen (also, ihre Tochter möchte ich nicht sein...).

Dann wurde aber ganz unerwartet doch noch eine Lösung gefunden, und zwar eine gute! Wir durften einen Mittag auf eine Pflegestelle in der Nähe von Miras Wohnort.

Wir mussten ganz früh aufstehen an dem Tag, und nach einer langen Fahrt kamen wir an. Unheimlich liebe Frau übrigens, Janny heißt sie. Hatte schon Kissen für uns in den Garten gelegt und Kauknochen. Solche Leute mag ich.

Janny hat selbst auch zwei Hunde, aber die sind ganz in Ordnung. Teilten problemlos Kissen und Knochen mit uns. Lilly scheint hier früher mal gewohnt zu haben, bevor sie zu uns zog, und nachdem ich auf Podencoart den ganzen Zaun inspiziert hatte – leider, kein Loch drin! – hat sie mir die wichtigsten Stellen im Garten gezeigt. Stellen wo man graben darf und Stellen, wo man nicht graben darf, die aber zu diesem Zweck viel geeigneter wären. Und den Gartenteich.

Es war wahnsinnig heiß an dem Tag, also bin ich gleich rein in den Teich. Sind auch Fische drin, aber die habe ich mal drin gelassen. Ich will doch nicht, dass Janny einen schlechten Eindruck von mir bekommt.

Mein Mensch und Herrchen gingen dann später weg, und ich muss sagen, dass wir uns prima amüsiert haben. Ein neuer Garten ist immer spannend. Daisy hat noch ein paar Runden im Teich gedreht, und Lilly hat natürlich den ganzen Garten nach was Essbarem abgesucht. Sie hat dann auch Brotkrumen gefunden, die Janny für die Vögel ausgestreut hatte. Arme Vögel...

Abends kamen sie uns wieder abholen. Und obwohl es mir bei Janny prima gefallen hatte, war ich doch froh, dass ich wieder nach Hause konnte.

Bonita und die Tablette

Bonita, von Haus aus ein großer Pechvogel, hat sich am Bein verletzt. Nun ist das für keinen Hund angenehm, aber für Bonita ist es noch schlimmer, weil sie schon seit Jahren an Arthrose und Spondylose leidet, wogegen sie Schmerzmittel bekommt. Sie läuft also von sich aus schon recht steif.

Die Tierärztin verschreibt zwei Wochen Ruhe und ein Morphiumpräparat, weil Bonitas normale Schmerzmittel zurzeit nicht ausreichen. Aber die normalen Schmerzmittel sind in Tropfenform, sodass ich sie problemlos übers Futter geben kann. Das Morphiumpräparat sind Pillen. Davon muss Bonita zweimal am Tag eine halbe bekommen.

Nun habe ich im Laufe der Jahre schon so manchem Hund Tabletten geben müssen. Den Vorteil von Hunden finde ich immer, dass sie alles schlucken, solange Wurst oder Käse drum herum ist, im Gegensatz zu Katzen.

Nun scheint Bonita eine „Katze" zu sein. Ich höhlte ein Stück Wurst aus, tat die Tablette rein und deckte das Loch wieder mit Wurst ab. Bonita spuckte es sofort wieder aus.

Also etwas anderes versuchen. In Milch auflösen… in Dosenfutter verstecken… verstecken in frischem Fleisch… in einem Stück Käse… in Hühnerbrühe auflösen…

Auch den Trick, Bonita erst zwei „unschuldige" Stückchen Wurst oder Käse zu geben und dann erst das Stück mit der Tablette drin, habe ich probiert. Bonita nahm höflich die Wurst und den Käse an, bis das Stück mit der Tablette dran war. Das nahm sie gar nicht erst.

Ich bat die Tierarzthelferin telefonisch um Rat. Sie meinte, ich solle die Schnittflächen der Tablette mit Butter einreiben, dann das Ganze in ein Stück Käse stecken.

Die Butter klebte zum Schluss an meinen Fingern, unter den Nägeln und auf der Anrichte bei dem Versuch, die glitschige Tablette damit einzureiben, aber immerhin, auch um die Tablette herum war Butter. Das Ganze wurde Bonita also in einem Stück Käse nochmals angeboten. Leider klappte auch das nicht.

Ich entschied, dass es jetzt Zeit war fürs Grobe, holte die Tablettenspritze aus dem Schrank, zog Wasser auf, gab die Tablette in die dafür vorgesehene geteilte Spitze am Ende und spritzte Bonita das Ganze in die Schnauze.

Bonita hat auf die Art recht viel Wasser getrunken; die Tablette dagegen lag abwechselnd auf meiner Hand, meinem Arm, meiner Kleidung, dem Boden, Bonitas Kissen...

Mit dem Mut der Verzweiflung habe ich die Tablette so weit wie möglich hinten in Bonitas Rachen gestopft und ihr die Schnauze zugehalten. Nun musste sie doch schlucken?

Weit gefehlt. Der Speichel tropfte aus ihrer Schnauze, die Tablette fand ihren Weg zwischen Bonitas Zähnen durch nach draußen und landete auf meiner Hand, meinem Arm... wie gehabt. Da war guter Rat teuer, also rief ich noch mal die Tierarzthelferin an. Ich sollte mit Bonita vorbei kommen, sie würde mir dann schon zeigen, wie das mit der Tablettenspritze ginge.

Da standen wir dann. Die Assistentin, eine Frau mit dreißigjähriger (!) Erfahrung, hantierte mit der widerstrebenden Bonita und der Tablettenspritze herum. Ich musste Bonitas Schnauze aufmachen... die Tablette lag auf dem Boden. Eine zweite Helferin wurde hinzugezogen. Sie hielt Bonita fest und ihr die Schnauze auf... die Tablette lag auf dem Boden.

Die Arzthelferin murmelte, dass sie das bei ihren eigenen Hunden immer so macht und dass es prima klappt, musste aber schließlich zugeben, dass dies auf Bonita nicht zutraf!

Da die Tierarztpraxis Bonita nun schon gar nicht mehr geheuer war, wurden wir nach draußen geschickt mit einem

Napf mit Kügelchen herrlich duftendem Dosenfutters, von denen eins die Tablette enthielt. Mit leerem Napf, bis auf ein Kügelchen – aber sicher doch, das mit der Tablette – kamen wir wieder herein.

Ich sollte nun zuhause versuchen, eine Tablette täglich zu geben anstelle von zwei halben. Wir hofften, dass die Geruchs- und Geschmacksstoffe dann nicht frei kämen und dass mein Trick mit dem Käse so mehr Chancen auf Erfolg haben würde.

Leider ist das nicht der Fall. Obwohl die Tablette eine glatte Hülle hat, riecht oder schmeckt Bonita die Tablette, ich weiß es nicht. Im Gegensatz zu manchen Gierschlunden, kaut Bonita auch alles. Aber auch ohne zu kauen, weiß sie ganz genau, wo die Tablette versteckt ist, auch wenn ich sie in Leberwurst einpacke und zusammen mit anderen Stückchen Leberwurst zwischen ihrem Futter verstecke. Der ganze Futternapf ist leer... bis auf das eine Stück Leberwurst.

Jetzt weiß ich also, dass Bonita über einen ausgezeichneten Geruchssinn verfügt. Aber die Probleme des Hinkens und der Schmerzen sind damit nicht gelöst. Ich hoffe, dass das Bein gesundet, wenn ich ihr noch eine Woche Ruhe verschreibe, und sie dann wieder mit ihren normalen Schmerzmitteln funktionieren kann.

Der Kong

Leute, die Ahnung davon haben, haben mir geraten, Luca mit dem Kong zu füttern. Gerade bei ängstlichen und unsicheren Hunden sei das ideal. Ja, auch bei Herdenschutzhunden. Außerdem soll der Kong als geistige Anregung dienen.

Ich fand, dass Luca in den ersten Monaten bei mir ausreichend geistige Anregung bekommen hatte durch die Eingewöhnung und das Überwinden wenigstens eines Teils ihrer Ängste. Aber sie ist noch immer zu mager und frisst schlecht; also wollte ich nun doch mal den Kong ausprobieren. Laut Information des Fabrikanten braucht man für große Hunde ein Exemplar, das einiges vertragen kann, da manche Hunde kräftig in den Kong beißen.

Also wurde ein XXL-Exemplar angeschafft, für Hunde ab fünfzig Kilo.

Luca schaute recht misstrauisch drein, als ich ihr anstelle des gebräuchlichen Fressnapfes dieses schwarze Gummiding vorsetzte. Kurz schnüffeln, und das war's. Ich half ein wenig, indem ich ein paar Bröckchen Trockenfutter hinausrollen ließ. Wieder schnüffeln. Ah, da ist noch was anderes drin. Mit ihrer Zunge angelte sie die Stückchen Wurst und Schinken heraus, die ich im Kong versteckt hatte… und legte sie auf ihr Kissen.

Der Form halber fraß sie noch ein paar Bröckchen und schloss damit dieses Experiment als nicht gelungen ab.

Recht entmutigt gab ich Lilly den Kong. Lilly bringt gerade mal sieben Kilo auf die Waage, aber sie packte das Ding mit ihren kleinen Zähnen und lief resolut damit in den Garten. Sie begriff sofort, dass man den Kong mit den Pfoten rollen musste, um das Futter herausfallen zu lassen.

Ich werde noch einen letzten Versuch wagen, um den Kong für Luca interessanter zu machen, mit Käse. Und wenn das auch nicht klappt, wird sie wohl ein schwieriger Esser bleiben, der auch in Zukunft ohne die geistige Stimulanz des Kongs auskommen muss.

Hundekenner?

Die sicherste Art, im Hundekennerland die Spreu vom Weizen zu trennen, ist ein Spaziergang mit einem ängstlichen Hund. Es ist schon fast ein Jahr her, dass ich Luca, meine Mastin Español-Hündin, aufgenommen habe. Nicht sozialisiert, traumatisiert und mit Todesangst vor allem und jedem kam sie zu mir aus einer Pflegefamilie, davor aus einer spanischen Tötungsstation. Und davor? Das weiß nur sie…

Inzwischen hat sie ein gewisses Vertrauen zu mir aufgebaut, aber bei fremden Menschen schaltet sie immer noch sofort auf Alarmphase Rot: geduckte Haltung, Schwanz zwischen die Beine und Erstarren. Zum Glück zeigt sie keine Angstaggression, aber ihr Gefühl von Unbehagen und Verzweiflung ist dadurch nicht kleiner.

Es ist mir zur zweiten Natur geworden, Luca gegen (aufdringliche) Fremde abzuschirmen, indem ich mit ihr zusammen einen Schritt zur Seite gehe oder splitte, das heißt mich zwischen Luca und die vermeintliche Gefahr stelle. Wenn jemand sie streicheln will, sage ich: »Lieber nicht, sie ist extrem ängstlich!«.

Aber manchmal wird man trotz dieser Vorsichtsmaßnahmen mit einem hartnäckigen Vertreter der menschlichen Gattung konfrontiert, der meine Bitte ignoriert und mit einem beruhigend gemeinten »Vor mir brauchst du doch keine Angst zu haben, ich tu dir nichts!« geradewegs auf die panische Luca zuläuft und dabei auch noch seine Hand nach ihr ausstreckt. Und ich kann mein Häufchen Elend nur retten, indem ich mich resolut dazwischen stelle.

Auf viel Verständnis stößt diese Aktion meist nicht, und mit einem im Weggehen gemurmelten »… ich habe selbst einen Hund…« wird mir noch kurz mitgeteilt, dass ich es hier doch wirklich mit einem Hundekenner zu tun habe. Luca ist mir wichtiger als diese Personen, die ich doch nie wieder sehe, also sei's drum.

Es gibt auch liebe Menschen, die Luca ein Leckerchen geben wollen. Wenn ich ihnen sage, dass sie nicht mal von mir, geschweige denn von einem Fremden etwas aus der Hand annimmt, versuchen sie es trotzdem; denn sie sind ja der Meinung, dass sie gut mit Hunden umgehen können.

Dann sind da noch die Leute, die es ganz genau wissen wollen. »Was würde sie denn machen, wenn ich sie streichle? Beißt sie dann?«. Wie gern ich diese Frage auch mit »Ja!« beantworten würde, erkläre ich doch wahrheitsgemäß, dass sie zwar nicht beißt, aber es furchtbar unangenehm findet, wenn Fremde sie streicheln. Das sollte Grund genug sein, es zu lassen. Leider hindert es manche Leute nicht daran, es trotzdem zu versuchen.

Nummer eins in der Hitparade der angeblichen Hundekenner ist ein Mann, dem ich ab und zu auf meinen Spaziergängen begegne. Er kennt Lucas Geschichte, ihr Verhalten und ihre Ängste. Trotzdem lässt er nichts unversucht, Kontakt mit Luca aufnehmen zu wollen.

Heute unternahm er wieder mal einen Versuch, lief gerade auf Luca zu und starrte sie dabei an. Offensichtlich in der Annahme, dass ich selbst keine Ahnung von Hunden habe, erklärte er mir sein Verhalten: »Wenn ich Ihre Hündin die ganze Zeit anstarre, müsste sie sich eigentlich wohlfühlen.«

»Wie bitte?? Fixieren ist für Hunde außerordentlich bedrohlich!«

»Oh ja?« war seine lakonische Reaktion. »Aber wenn man einem aggressiven Hund gegenübersteht, kann man ihn doch am besten anstarren!«.

Abgesehen von der Tatsache, dass es sich bei Luca nicht um

einen aggressiven Hund handelt, war dieser Herr sichtlich in dem gefährlichen Rat »Stare him down« steckengeblieben, den man vor dreißig Jahren gab.

Ich hoffe, dass er seine „Kenntnisse" nie bei einem aggressiven Hund in die Praxis umsetzt und wenn doch… dass er eine gute Krankenversicherung hat.

Dunya erzählt: Ich soll mich schonen

Der Tag fing eigentlich ganz unschuldig an. Ich holte meinen Menschen um viertel nach sechs aus ihrem Tiefschlaf (»We are not amused…«); sie ließ uns in den Garten und ging wieder ins Bett. Plötzlich – keine Ahnung, wie das passieren konnte – kriegte ich einen Wahnsinnsstich in den Rücken. Ich blieb ganz still stehen und hoffte, dass mein Mensch schnell wieder runter kommen würde.

Als sie dann endlich raus kam, sah sie gleich, dass es mir nicht gut ging und wollte gucken, was los war. Sie fing an, meinen Körper vorsichtig zu untersuchen. Denkste! Mit mir nicht, ich schrie jedes Mal, wenn sie mich anfasste. Ich stelle mich wirklich nicht an, aber das tat echt höllisch weh. Sie versuchte, mich ins Haus zu bekommen, aber jede Bewegung und jeder Schritt waren mir zu viel.

Irgendwie hat sie es dann doch geschafft, mich ins Auto zu kriegen. Also wenn sie mich jetzt zum Spaziergang mitnehmen will, das kann sie vergessen. No way!

Aber nein, wir fuhren zum Tierarzt. Auch nicht besser. Ich lag auf meiner Decke, mit Hängeohren, den Schwanz zwischen den Beinen und einem Gesichtsausdruck, als ob ich geradewegs aus einer spanischen Tötungsstation käme. So kannte man mich dort nicht, normalerweise mische ich immer das ganze Wartezimmer auf.

Die Tierärztin untersuchte meinen ganzen Rücken und fand – auuuu!!! – genau die schmerzhafte Stelle. »Es ist beim Übergang zum Steißbein«, verkündete sie stolz. Na und? Bringt uns das irgendwie weiter?

Dann haben die beiden sich beraten, und sie sahen ziemlich ernst aus. Sie redeten von Hexenschuss oder Bandscheibenschaden, mich schonen, nur in Haus und Garten, nicht spazieren gehen, röntgen und eventuell sogar operieren. Na Mahlzeit! Ich bekam zwei Spritzen, die ich durch die Schmerzen im Rücken zum Glück gar nicht spürte.

Zuhause hat mein Mensch mein Kinderbett auseinander genommen und die Matratze auf den Boden gelegt, weil ich nicht springen kann und darf. Ich hatte keinen Hunger, aber weil ich doch sooo krank war, bekam ich Hühnerbouillon und gekochtes Hähnchenfilet. Mmmm, das können wir gern beibehalten.

Am nächsten Tag fühlte ich mich schon etwas besser und konnte vorsichtig ein bisschen durchs Haus laufen. Mit dem gekochten Hähnchenfilet war's dann allerdings vorbei (»Sie hat ja schließlich nichts am Magen!«, meinte mein Mensch. Die ist knallhart!) Ich bekam allerdings Leberwurst unter mein Futter gemischt. Wenigstens etwas.

Ich schluckte weiterhin brav meine Schmerztabletten, und schon bald durfte ich wieder mit nach draußen. War aber nicht so toll.

Die ersten Tage waren am schlimmsten. An einer ganz kurzen Leine (einen Meter, ja, ehrlich!) durfte ich eine Runde durchs Viertel machen. Mein Mensch hatte bedacht, dass sie mich besser an „faden" Stellen ausführen konnte, damit ich nicht in die Versuchung komme, einen Mäusesprung zu machen, das darf ich nämlich noch nicht. Na, super! Langweiliger geht's wohl nicht.

Nach ein paar Tagen gingen mir diese langweiligen „Spaziergänge" so auf den Geist, dass ich auf die Fensterbank sprang, um zu zeigen, dass es mir wieder besser geht.

Da ist mein Mensch auch drauf reingefallen, zumindest teilweise, denn ich durfte wieder mit auf die normalen Spaziergänge, allerdings an einer zwei Meter langen Leine. Als ich einen Mäusesprung machte (ja, echt, das geht an zwei Metern, müsst ihr mal ausprobieren!) zog es aber wieder ganz schön im Rücken.

Nach einer Woche fuhren wir zum Heidesee, und ich jodelte vor Glück, weil ich dachte, dass endlich wieder Freilauf angesagt war. Zu früh gefreut! Mein Mensch hat mir leider wieder die Leine verpasst.

Kurz und gut, jetzt habe ich also vorläufig ein sehr langweiliges Leben. Die Leine wird zwar jeden Tag ein Stückchen länger gemacht (»Langsam aufbauen!«, sagte die Tierärztin, und mein Mensch nickte brav, obwohl sie sich sonst fast nie was vorschreiben lässt!), aber die Ausziehleine liegt sicherlich noch in einer unbestimmten Zukunft. Und den Freilauf kann ich vorläufig erst recht knicken. Seufz.

Die Geschichte ging dann noch weiter. Ab und zu schrie ich immer noch auf vor Schmerzen, und mein Mensch schleppte mich zu einer Art Wunderheiler. Der schaute mich an und sagte gleich, dass einige Wirbel verschoben waren.

Dann hat er Stück für Stück alle Wirbel am Rücken abgetastet, nuschelte »Der Wirbel ist okay ... dieser ist verschoben...« und drückte – zack! - die verschobenen Wirbel wieder an ihren Platz zurück. Tat nicht mal weh.

Und seitdem geht's mir wieder richtig gut! Unsere Tierärztin reagierte außergewöhnlich skeptisch und meinte, es sei gar nicht möglich, Wirbel auf diese Art wieder einzurenken, da viel zu viel Muskeln und Gewebe drum herum sitzen.

Was soll man dazu sagen? Mein Mensch stand daneben und hat es *gesehen*, und ich habe es *gespürt* (zumindest, dass danach der Schmerz vorbei war). Also wem soll man nun glauben? ...

Genau, finde ich auch!

Fünf Hunde sind zu viel ...
wenn einer davon Lilly heißt

Wunderschöner Heidespaziergang heute Morgen – bis dass uns auf dem schmalen Pfad ein Reiter begegnete. Kein Problem, dachte ich, weil ich – wie sich herausstellte, zu Recht – davon ausging, dass Luca sich gut benehmen würde. Sie hat Angst vor allem, also auch vor Pferden, und würde sich sicherlich zurückziehen. Die anderen Hunde kann ich mit der

Stimme in meiner Nähe halten oder die beiden Kleinen vorsichtshalber anleinen.

Letzteres tat ich dann auch und stellte mich neben den Pfad in die Heide, um den Reiter vorbei zu lassen. Luca versteckte sich hinter mir.

Erst in dem Moment entdeckte ich, dass der Reiter auch noch einen Hund bei sich hatte; Lilly hing kläffend in der Leine. Damit war die Jagdsaison offiziell eröffnet: Daisy bemühte sich, an ihrer Leine so viel wie möglich Lärm und Bedrohung zu produzieren; und auch Dunya fand jetzt, dass meine Gelenke durchaus mal wieder einen anständigen Ruck vertragen könnten.

Der Reiter war zum Glück stehen geblieben, aber der Hund kam in unsere Richtung gelaufen. Plötzlich zog Lilly den Kopf aus ihrem Halsband und raste kläffend auf den fremden Hund zu. Dunya und Daisy begleiteten das Schauspiel mit anfeuerndem Bellen.

Aber was sollte ich machen? Mit zwei hysterischen Hunden an der Leine dort hinlaufen, um Lilly zurückzuholen? Das erschien mir keine gute Idee.

Also blieb ich stehen, die Schamröte im Gesicht, und wünschte mir ein Loch im Boden, in dem ich versinken konnte. Bonita und Luca liefen jetzt auch zu dem fremden Hund, suchten aber zum Glück auf normale Hundeart Kontakt. Dem Hund wurde das alles ein bisschen zu viel, er lief zurück zu dem Reiter, von einem kläffenden braunen Zwerg namens Lilly verfolgt.

Zum Glück beteiligte Luca sich nicht an dieser Vorstellung. Aber ich frage mich, wie lange Lucas gutes Sozialverhalten noch Lillys negativem Einfluss standhalten wird. Bei der kleinen Lilly ist das schon unangenehm; bei einem großen Hund wie Luca würde es ein wirklich ernst zu nehmendes Problem darstellen.

Dennoch gibt es wenig, was ich daran ändern kann, außer wenn ich Lilly ausschließlich noch an der Leine ausführen würde, was sowohl für sie als auch für mich keine wirkliche Alternative darstellt. Das Einzige was ich tun kann, ist ihr ein Brustgeschirr zu kaufen, damit sie sich wenigstens nicht mehr losreißen kann.

Abschied von Bonita

Bonita, meine Schönheit, meine Greyt Lady, hat mich verlassen.

Nach fünf schweren Jahren auf der Rennbahn in Barcelona wurde Bonita von Pat Osborne gerettet und wohnte zwei Monate bei El Galgo Senior. Im Dezember 2001 kam sie zu mir. Keine Gitterstäbe mehr, sondern weiche Kissen und viel Liebe. Nicht mehr rennen, weil sie es muss, sondern weil und wann sie es wollte.

Der Anfang war gewiss nicht leicht. Bonita fiel über meine Katzen her, und wenn ich kurz nicht aufpasste, hatte sie eine der Katzen in der Schnauze (die sie glücklicherweise nicht verwundete, weil ich stets dabei war und schnell reagieren konnte). Sie hatte Angst vor Menschen und Lärm, hatte Probleme mit anderen, vor allem kleinen Hunden und konnte keine Minute allein sein.

Aber nach einigen Monaten hat sie sich zu einem wirklichen Traumhund entwickelt! Sie war sehr glücklich und liebte das Leben; sie rannte ihre Runden und genoss das so sehr. Ich konnte nur zusehen, atemlos und mit Tränen in den Augen. Und immer kam sie zu mir zurück, sie gehorchte unglaublich gut, sogar wenn sie ein Reh verfolgte; einmal pfeifen, und sie stand neben mir und strahlte über ihr ganzes wunderschönes

Greyhoundgesicht.

Sie genoss unsere Ferien in den Niederlanden, Belgien oder Frankreich, ihr war das egal, so lange sie nur bei uns, ihrer Familie, sein konnte. Nur im Dorf brauchte ich eine Leine, ansonsten konnte Bonita überall frei laufen, sie lief niemals weg.

Als sie älter wurde, bekam Bonita Arthrose und Spondylose, konnte aber mit Medikamenten gut eingestellt werden, sodass sie schmerzfrei war. Sie wurde auch ruhiger, schlief mehr und wollte nicht mehr an jedem Spaziergang teilnehmen. Sie wurde demenzkrank und nachts unsauber, aber genoss immer noch ihr Leben.

Ihre Rennbahnvergangenheit hat sie dann aber doch eingeholt. Ihre Gelenkprobleme verschlimmerten sich; Nerven im Rücken wurden abgeklemmt, und auch die Schmerzmittel, die sie schon seit Jahren bekam, reichten nicht mehr aus, um sie schmerzfrei zu halten. Sie lief immer steifer, ihre Muskeln wurden schlapper. Sie konnte nur noch mit Mühe aus ihrem Hundebett aufstehen, und innerhalb weniger Wochen veränderte sich ihre Ausstrahlung von fröhlich und glücklich in unglücklich und traurig.

Am 3. Oktober 2010 ist Bonita vierzehn Jahre alt geworden. Wir haben fast neun wunderbare Jahre zusammen erlebt, und dafür bin ich sehr dankbar.

Ich habe Bonita so sehr geliebt, dass ich sie jetzt gehen lassen musste, zu den grünen Weiden hinter dem Regenbogen, wo ihre Freunde Pacho, Seronda und Flits sie willkommen geheißen haben, da bin ich mir sicher, und wo es keine Schmerzen mehr gibt, nur rennen und spielen im Sand, bis dass meine liebe Freundin und ich wieder beisammen sein werden.

Zittern auf Kommando

Beschämt muss ich zugeben, dass ich zu der inzwischen selten gewordenen Spezies der Raucher zähle. Da ich es außerdem nicht ausstehen kann, wenn man mir etwas vorschreibt, ist das Resultat, dass ich mich, wenn ich irgendwo Kaffee trinken gehen will, auf die Terrasse setze. Ja, auch im Winter.

Die meisten Cafés haben eine teilweise überdachte Terrasse oder ein Partyzelt, manchmal auch mit Gasofen, für die armen Nikotinabhängigen. Malteser Daisy leistet mir beim Kaffeetrinken Gesellschaft, weil sie nun mal immer bei mir sein will. Im Winter mache ich es ihr so angenehm wie möglich mit Hundemäntelchen und Wolldecken. Und wenn es arg kalt ist, darf sie unter meinen Mantel.

Im Urlaub saß ich auf einer Bank und wartete auf Tom, der kurz zum Einkaufen weg war. Daisy hatte ich unter meinem Mantel und zog damit sehr viel Aufmerksamkeit auf mich. Die Reaktionen reichten von »Ah, soll ich dir ein Mäntelchen stricken?«, über »Ach, wie süß, das ist sicher noch ein Welpe?« (Daisy ist zehn Jahre alt!) und »Oh je, sie friert!« bis zu »Was für ein reizender Hund!«

Und je mehr Daisy zitterte, umso mehr Menschen reagierten auf sie. Sie ließ sich all die Aufmerksamkeit wohl gefallen und zitterte fröhlich drauf los.

Ein paar Tage später saßen wir vor einer Bäckerei, und das Ganze wiederholte sich. Buchstäblich jeder Kunde, der hinein- oder hinausging, sprach Daisy an; von manchen wurde sie auch gestreichelt.

Ich hätte nie geglaubt, dass ein Hund das Zittern bewusst einsetzen kann (er zittert, wenn ihm kalt ist, hat aber keine Kontrolle darüber). Aber man lernt nie aus, denn genau das passiert jetzt: Wir sitzen auf einer Terrasse, Daisy gemütlich warm eingepackt, und in dem Moment, wo Menschen vorbeikommen, fängt sie an zu zittern und schaut sie an mit einem Mitleid heischenden Blick, den sie zuhause vorm Spiegel geübt haben muss.

Erst glaubte ich an Zufall, aber es geschieht zu oft, um Zufall zu sein. Nein, Daisy setzt das Zittern – das ursprünglich die Funktion erfüllte, den Körper besser zu durchbluten und zu erwärmen – jetzt ganz bewusst ein, um Aufmerksamkeit zu bekommen. Das ist auch eine Funktion. Oder erwünschte Nebenwirkung, wenn man so will. Und führt garantiert zum Erfolg, denn jeder spricht so ein zitterndes „Häufchen Hund" an.

Im Frühjahr wird sie sich etwas anderes ausdenken müssen, um die Aufmerksamkeit der Passanten auf sich zu ziehen.

Ein (fast) normaler Morgen im Winter

Heute Morgen um neun Uhr ist es minus elf Grad. Das fällt definitiv in die Kategorie „kühl". Bevor ich zum Spaziergang mit den Hunden aufbrechen kann, muss ich also mit dem Föhn nach draußen, um die Schlösser meines Kleinbusses zu enteisen. Heute sind die Schiebetür *und* die Hintertür zugefroren.

Zehn Minuten später lassen die Türen sich problemlos öffnen und schließen, das scheint also in Ordnung zu sein, und es ist Zeit für den zweiten Schritt: Daisy ihr Mäntelchen anziehen und mich selbst in verschiedene Lagen Schafwolle hüllen.

Dunya will zuhause bleiben; dafür habe ich durchaus Verständnis. Sie ist schon im Garten gewesen und weiß also, was sie zu erwarten hätte. Ich installiere sie gemütlich in ihrem Korb, decke sie zu und stelle die Heizung an. Mit den anderen gehe ich in den Garten.

Als ich gerade zum Auto will, steht Dunya auf einmal auch im Garten. Sie ist „nackt" und zittert. Ich habe gar nicht gemerkt, dass sie mit raus gekommen ist. Also wieder ins Haus, ihre Mäntel geholt (bei dieser Kälte bekommt sie zwei Mäntelchen übereinander an) und ab ins Auto.

Aber wo ist Daisy? Nirgends zu sehen. Wieder ins Haus, da steht sie im Flur und wartet.

Können wir jetzt endlich los!? Weit gefehlt, denn die Schiebetür, die ich gerade enteist hatte, ist schon wieder zugefroren. Der Griff bleibt hängen, die Tür lässt sich nicht mehr schließen. So kann ich nicht fahren, also – aber sicher doch! – wieder zurück ins Haus, Föhn holen, das Schloss damit „bearbeiten", während die Hunde sich im Auto was abfrieren. Und dann, eine halbe Stunde nachdem ich mit den Vorbereitungen begonnen hatte, können wir endlich los und im Schritttempo über die vereisten Straßen kriechen.

Wenn Dunya erst mal in Bewegung ist, hat sie keine Probleme mit der Kälte. Sie schnüffelt nach Herzenslust und nagt an einem Stock, während ich daneben stehe und warte… und warte… und warte. Luca liebt dieses Wetter, ein typischer Herdenschutzhund. Sie fliegt gemeinsam mit Lilly über die verschneiten Felder und ist rundherum glücklich. Seit Daisy älter ist, findet sie Kälte, Schnee und Eis ziemlich blöd und ginge deutlich lieber in ein überdachtes Einkaufszentrum.

Länger als eine halbe Stunde traue ich mich nicht wegzubleiben, weil ich Angst habe, das Schloss könne erneut zufrieren. Das ist zum Glück nicht der Fall, und so kann ich problemlos (bis auf die spiegelglatten Straßen) losfahren und wieder in mein gemütliches warmes Haus… bis zum Mittagsspaziergang.

Dunyas Meinung über Coursing

Eigentlich war es ja für Lilly und Konsorten, aber ich durfte trotzdem mit zum Treffen der portugiesischen Podengos. Als besonderer Leckerbissen wurde eine Coursingbahn ausgesetzt. Alle Hunde waren fröhlich und aufgeregt, winselten, bellten. Mensch, das war eine Stimmung! Ich stellte mich so an, dass mein Mensch mir dieses Vergnügen auch gönnen wollte.

Und dann stehst du in der Reihe. Und wartest. Mann, was dauert das lang! Noch drei vor mir, noch zwei, noch einer… ich hänge trällernd in der Leine, mein Mensch kann mich fast nicht halten. Ich sehe die Podengos vor mir begeistert hinter dem „Hasen" her fetzen.

Ich will auch! Ich will auch! *Jetzt! Sofort!*

Endlich ist es so weit, mein Mensch klickt meine Leine los und hält mich noch kurz am Halsband fest. Und dann… endlich, endlich lässt sie los. Yes! Und ich nehme einen Spurt…

Aber was ist denn das? Sieht aus wie eine Plastik Einkaufstasche mit Fell, die von einem Typen übers Gelände gezogen wird, indem er an einem Rad dreht. Also ihr meint doch nicht im Ernst, dass ich da hinter her renne, was?!

Der Mann, der die Einkaufstasche steuert, gibt sich große Mühe mit mir, lässt das Ding in alle Richtungen „laufen". Nein, danke.

Die Leute fangen an zu lachen – lachen die mich etwa aus? – und ich fühle mich ziemlich reingelegt. Tief enttäuscht und heiser vom Bellen latsche ich noch ein bisschen übers Gelände und gehe dann zurück zu meinem Menschen.

Sie steht ein bisschen verdattert da und macht die Sache auch nicht besser, indem sie fragt, wo sie den „Pudelpreis" abholen kann, eine (scherzhafte) Trophäe, die hier in den Niederlanden für die schlechteste Leistung verliehen wird. Was für eine Enttäuschung!

Ich habe keine Ahnung, ob die portugiesischen Podengos so viel dümmer sind als wir spanischen Podencos, dass sie sich alle so reinlegen lassen. Ich bin jedenfalls viel zu intelligent für solchen Quatsch. Ansonsten habe ich mich gut amüsiert, ein bisschen Agility gemacht, viel gerannt, gespielt und – ich bin ja auch nicht mehr die Jüngste – herrlich in der Sonne gedöst. Aber dieses Coursing, nee, also bleib mir damit bloß vom Leibe!

Toby hält Einzug

Eigentlich war es ganz praktisch, nur vier Hunde zu haben; dennoch wuchs langsam der Wunsch, einem alten ruhigen Hund noch einen schönen Lebensabend zu geben. Man kann halt nicht aus seiner Haut.

Wegen der Zusammensetzung meiner recht gemischten Hundegruppe hatte ich wieder eine lange Liste mit Voraussetzungen, die der neue Mitbewohner erfüllen müsste, aber es sollte alles ganz anders kommen.

Meine Suche begann bei mir bekannten Vereinen, die ich bei der Vermittlung von Hunden aus Spanien für vertrauenswürdig hielt. Dort fand ich zwei mögliche Kandidaten, die aber inzwischen beide adoptiert waren. Auf allerlei Umwegen landete ich dann auf einer Website mit Hunden in Not aus Spanien.

Und dort sah ich Toby, der damals noch Lucas hieß. Ein Sabueso - von der Rasse hatte ich noch nie etwas gehört - mit rührenden Schlappohren (Achtung: Jagdhund!) und einem Blick, der sich direkt in mein Herz bohrte. Die Texte waren auf Spanisch, aber es gab eine deutsche Kontaktperson.

Was stellte sich heraus? Toby befand sich nicht in einem spanischen Tierheim, sondern in der Perrera (Tötungsstation) von Pamplona, und es gab keinen vermittelnden Verein, nur eine Handvoll Privatleute, die einmal die Woche in der Perrera Fotos machten und sie ins Netz stellten, um einige dieser Hunde zu retten.

Von Toby war lediglich sein Alter bekannt (neuneinhalb Jahre), da er gechipt war, und sein soziales Verhalten gegenüber Menschen und Hunden.

Kein Verein bedeutete auch: keine Kastration, Beobachtung von Charakter und Verhalten, keine Ahnung, wie er sich im Haus benimmt, Leinenführigkeit, Stubenreinheit, Umgang mit Katzen, Gesundheit (!). Und was sollte ich machen, wenn es nicht klappen würde bei mir? Gab es dann eine Pflegestelle als Notlösung?

Normalerweise wären all die Dinge für mich Grund genug gewesen, es dabei zu belassen... wenn da nicht diese Augen gewesen wären, die mich nicht losließen. Meine Umgebung und jeder, der seinen Verstand im Gegensatz zu mir noch beisammen hatte, riet mir ab. Aber ich ließ mich darauf ein – ich konnte nicht anders.

Die Rassenbeschreibungen im Internet ließen keinen Zweifel an der Untauglichkeit des Sabueso als Haushund: absolut nicht als Gesellschaftshund geeignet, kann nicht im Haus leben, ist nur zur Jagd geeignet und gehört ausschließlich in Jägerhände.

Ich muss zugeben, dass mich ziemlich der Mut verließ, und ich traute mich nicht, diese für mich in meiner Situation vernichtende Rassenbeschreibung jemandem mitzuteilen; es verstand doch schon niemand, dass ich diesen Hund adoptieren wollte, von dem ich so wenig wusste und dann auch noch von Privat anstelle eines Vereins. Wenn jemand mich in einer vergleichbaren Situation um Rat gefragt hätte, dann hätte ich ihm auch abgeraten! Aber manchmal siegt das Herz über den Verstand; Menschen, denen etwas Ähnliches schon mal passiert ist, werden mich verstehen.

Kurz darauf kam ich mit Leuten in Kontakt, die selbst schon viele Jahre mit Sabuesos zusammenlebten und ein ganz anderes Bild vermittelten als die Rassenbeschreibung im Internet: »Tolle Hunde! Nie wieder eine andere Rasse!«. Das machte mir etwas Mut.

Die Entscheidung fiel. Toby durfte kommen. Schon zwei Wochen später war ein Transport geplant, gerade genug Zeit, um alle Papiere in Ordnung zu bekommen.

Aber diese zwei Wochen zogen sich hin. Es war Winter; auch in Spanien herrschten Minusgrade. Und ich wusste, dass Toby auf dem nackten Betonboden ausharren musste. Wenn er jetzt, so kurz vor seiner Rettung, noch ernsthaft krank oder gar erfrieren würde... Ich durfte gar nicht dran denken. Aber Toby überlebte auch diese letzten beiden Wochen in der Hölle.

Der Transport kam mitten in der Nacht in Deutschland an. Zum Glück waren andere Leute, deren Hund mit dem gleichen Transport kam, bereit, Toby für die Nacht unterzubringen, sodass wir ihn am nächsten Morgen bei ihnen abholen konnten.

Er lag dort ganz ruhig in einem Sessel, von anderen Hunden und Katzen umgeben. Die meiste Bewegung machte sein wedelnder Schwanz. Mein erster Eindruck war: keine Angst vor Menschen, offen und freundlich.

Ein wunderschöner Kopf, aber der Körper – nur Haut und Knochen, so mager! Und er stank fürchterlich. Die Fotos im Internet waren entstanden, als er gerade erst in die Perrera gekommen war, und auf den Fotos sah er recht „gut genährt" aus. Aber es war schrecklich, was die sechs Wochen Perrera aus diesem Hund gemacht hatten.

Die Bekanntmachung mit meinen eigenen Hunden auf neutralem Gelände verlief zufriedenstellend, und da wir einen extra Reisekäfig für Toby mit hatten, stand der Heimfahrt nichts mehr im Wege. Während der Fahrt lag er ganz ruhig in seinem Käfig.

Toby durfte den Garten und das Haus betreten, kein Problem. Die ersten Tage grummelten Luca und Dunya manchmal etwas, wenn Toby zu dicht an ihnen vorbei lief; aber schon nach einer Woche durfte er mit Luca zusammen hinten im Auto sitzen und konnte auch bei den anderen Hunden im Zimmer die Nacht verbringen.

Wenn ich die Hintertüre aufmache, sobald Toby wach wird, geht er brav in den Garten, um sich zu lösen. Das ist schön. Zweimal hat er im Haus markiert, das ist weniger schön, aber dabei ist es zum Glück geblieben.

Die erste Nacht auf seiner „Pflegestelle" hatte er mit zwölf Katzen und sieben Hunden verbracht. Das gab mir Hoffnung, was den Kontakt zu meinem Kater Krieltje betrifft. Und tatsächlich ignoriert er ihn, ab und zu schnüffeln, das ist alles.

Das Leben im Haus scheint er nicht gewöhnt zu sein. Er hat Angst vor dem Staubsauger und latscht seelenruhig über den Couchtisch. Die ersten Tage stellte Toby sich, wenn meine Mahlzeit auf dem Esstisch stand, ganz ungeniert auf die Hinterpfoten: »Warum stellst du denn mein Fressen so hoch?«

An Halsband, Brustgeschirr und Leine war er anscheinend auch nicht gewöhnt. Auf dem ersten Spaziergang schleppte er mich, so klein wie er ist, hinter sich her. Wir haben also gleich mit dem Leinentraining angefangen, und das geht schon recht gut. Seinen neuen Namen und die Bedeutung des Klickers hat er auch innerhalb von einer Woche gelernt. In der Hoffnung auf Freilaufmöglichkeiten habe ich auch mit dem Schleppleinentraining angefangen. An manchen Stellen kann er jetzt (nach einem Monat) schon ganz frei laufen. Aber das hängt von der Stärke der Stimulanz ab, denn wie erwartet ist er ein Nase-am-Boden-Hund.

Menschen und Hunden auf den Spaziergängen begegnet er offen und freundlich.

Ich bin ein Stück mit ihm durchs Dorf gelaufen. Das kennt er nicht. Seine Haltung ist geduckt, aber nicht so panisch wie Luca. Auf schnell vorbei fahrende Autos reagiert er allerdings sehr ängstlich und will dann flüchten. Ich beginne sofort mit dem Training, sodass er einen gewissen Respekt vor Autos behält – zu seiner eigenen Sicherheit! -, aber keine Angst mehr vor ihnen hat. Das Training zeigt bereits die ersten Erfolge.

Im Auto und draußen zittert er sehr, wahrscheinlich weil er noch so mager ist. Ein Mäntelchen löst das Problem, bis er zugenommen hat. Er findet das prima, wie eigentlich alles.

Ansonsten ist es ein Wunder, wie er sich anpasst. Im Haus ist er sehr ruhig; er hat sich einen Sessel und einen Hundekorb ausgesucht, in denen er den größten Teil des Tages und abends schläft.

In den ersten Wochen hat Toby einige Male nach Tom und nach Besuchern geschnappt. Das geschah in Situationen, in denen er sich erschreckte oder Schmerzen hatte. Wahrscheinlich lag dieses Verhalten auch in einer gewissen Unsicherheit begründet; denn danach ist es nie wieder vorgekommen.

Toby ist wirklich ein Schatz, froh und dankbar für jedes liebe Wort und jede Streicheleinheit; sein Wedelschwanz macht Überstunden. Er bellt nur morgens, wenn er sich freut mich wiederzusehen und nach dem Spaziergang, wenn er es eilig hat, ins Haus zu kommen, weil es dann Fressen gibt. Er hat sich erstaunlich schnell an unsere tägliche Routine gewöhnt.

Anscheinend hat es so sein sollen, dass wir zusammen gekommen sind. Aber ich würde nicht so leicht noch einmal einen Hund ohne Vermittlung eines Vereins aufnehmen. Die Risikos was das Verhalten und die Gesundheit betrifft, sind nun mal sehr groß.

Tobys Gesundheit ist recht gut, aber er hat eine hartnäckige Ohrentzündung, und ich muss zugeben, dass ich fürs Reisefertig-Machen, den Transport und die Tierarztrechnungen allein im ersten Monat schon viel mehr bezahlt habe als für einen gesunden und kastrierten (!) Hund eines Vereins. Und für diejenigen unter uns, die kein Krösus sind, ist das doch auch ein wichtiger Aspekt.

Tobys Verhalten kann sich noch ändern, wenn er sich erst mal ganz eingewöhnt und seinen Rucksack ausgepackt hat. Das ist mir bewusst, und ich versuche, unerwünschtem Verhalten wenn's eben geht, zeitig vorzubeugen, bevor es sich zur Gewohnheit entwickelt.

Wie bei jedem Hund, den ich adoptiere, führe ich die erste Zeit eine Art Tagebuch, in dem ich das Verhalten des Hundes und besondere Vorkommnisse notiere. So bekomme ich ein gutes Bild seiner Entwicklung und sehe auch gleich, woran ich noch arbeiten muss.

Intermezzo

Gerade hatte ich in mein „Toby-Tagebuch" geschrieben, dass er nicht mehr abhaut. Hätte ich nicht tun sollen, denn das bedeutet, die Götter herauszufordern, wie man hier sagt.

Heute Morgen gingen wir außerhalb der Ortschaft spazieren. Links des Weges ist ein Graben, in dem Luca gern ab und an mal eine Runde schwimmt, und rechts liegt ein Naturgebiet, wo man noch nicht mal als Mensch hinein darf, mit oder ohne Hund, weil da irgendein seltsamer Schmetterling lebt. Also nur Natur zum Ansehen... obwohl, wer kann schon auf hundert Meter einen Schmetterling fliegen sehen? Egal, die Entscheidungen des Forstamtes kann ich sowieso meist nicht nachvollziehen.

Die Hunde müssen jedenfalls auf dem Weg bleiben, und das klappt normalerweise immer prima. Heute rannte Toby aber ein Stück voraus, und da er etwas taub ist – oder schlicht und einfach manchmal nicht hören will – reagierte er nicht auf mein Rufen, sondern verschwand im Gebüsch. Ich machte mir um ihn keine Sorgen, da er bestimmt zum Auto zurückkommen würde; nur hoffte ich inständig, dass nicht gerade jetzt ein Förster vorbei käme. Die Hoffnung hat sich wenigstens erfüllt.

Nun erklang Toby's „Ruf", eine Art Jaulen, auf das die Bande natürlich prompt reagierte. Hopp, alle ins Gebüsch, bis auf Dunya, die an der Leine war. Mein Pfeifen brachte wie erwartet Luca und Daisy sofort wieder auf den Plan, nicht aber Lilly – geschweige denn Toby! – und das war schon seltsam. Als ich nachschaute, sah ich Lilly ganz still im Gebüsch sitzen.

Da sie nicht kam, musste etwas sie daran hindern, eine andere Erklärung gab's nicht. Nicht bei Lilly.

Das stimmte auch. Ich zwängte mich durchs dichte Gestrüpp, Brombeersträucher mit ihren scharfen Dornen, und sah, dass Lilly tatsächlich eingeklemmt war und nicht vor oder zurück konnte. Ein dicker Ast hatte sich irgendwie durch die Rückenlasche ihres Brustgeschirrs geschoben, hatte sich dann auch noch gedreht, oder Lilly hatte sich um den Ast gedreht. Wie auch immer, sie saß fest. Mit einiger Mühe gelang es mir dann, sie zu befreien, und so waren wir fast alle wieder auf dem Weg, außer Toby natürlich, der wahrscheinlich irgendwo seiner Nase hinterher rannte.

Auf einmal fing Luca an zu rennen, hunderte Meter voraus. An sich kein Problem, ich weiß ja, dass sie nicht wegläuft, und sie blieb auch brav auf dem Weg, aber doch merkwürdig… es sei denn, sie hätte Toby gesichtet. Denn ganz untypisch für einen Mastin hat sie sich schon oft als ausgezeichnete Fährtenleserin erwiesen, wenn Dunya mal wieder „weg" war. Es erschien mir lediglich unwahrscheinlich, dass Toby in so kurzer Zeit schon so weit weg sein sollte. Aber genau das war der Fall. Erstaunlich für einen Hund von fast zehn Jahren mit relativ kurzen Beinen, der im Allgemeinen lieber faul ist als müde.

Als ich um die Ecke bog, sah ich tatsächlich Toby, der auf der anderen Seite des Grabens – wenigstens nicht im Naturgebiet! – , Nase am Boden, eifrig eine Spur verfolgte.

Ich bedankte mich bei Luca, dass sie wieder mal einen unserer Ausreißer aufgespürt hatte, konnte jetzt endlich Toby an die Leine nehmen und zum Auto zurück. Nach diesem einstündigen Spaziergang mit Hindernissen war nicht nur ich müde, sondern die Hunde trabten auch erstaunlich brav und ruhig, mit heraus hängender Zunge, hinter mir her.

Auf der Suche nach Dunya

Man kann Pläne für den Tag machen, man kann's auch lassen. Mit fünf Hunden ist so eine Planung nicht immer einfach; ist einer davon ein Podenco, nahezu unmöglich. Heute wollte ich nach dem Morgenspaziergang einige Arbeiten am Rechner erledigen. Ach, ich kann so viel wollen...

Seitdem das Forstamt rigoros mit dem Rotstift hantiert und damit die meisten Freilaufgebiete für Hunde gestrichen hat, fahren wir ab und zu an einen See, wo die Hunde noch immer frei laufen dürfen. Der ist aber recht weit entfernt, sodass wir das nicht allzu oft machen können.

Darum habe ich angefangen, Dunya ab und zu auch hier in der Nähe, auf der Heide, frei laufen zu lassen. Früher war das unmöglich, weil sie stundenlang weg blieb, aber da sie inzwischen dreizehn Jahre alt und doch etwas ruhiger geworden ist und sie außerdem beim See meist in Sichtweite bleibt und auch nach spätestens einer Stunde zum Auto zurückkehrt, wollte ich es ruhig mal ausprobieren.

Es klappt auch ganz gut, bisher war eine gute Stunde die längste Zeit, die Dunya insgesamt auf der Heide unterwegs war, sodass wir nach dem Spaziergang nie lange auf sie warten müssen.

Um halb elf begannen wir unseren Heidespaziergang im strömenden Regen. Wie immer genoss Dunya den Freilauf sehr, und ich sah regelmäßig ihre graziösen Sprünge über die Heidesträucher. Auch die anderen Hunde bekommen mehr Bewegung während Dunyas Freilaufs, weil sie teilweise zusammen mit ihr rennen.

Nach einer halben Stunde hätte ich sie anleinen können, sie stand neben mir auf dem Weg. Aber ich wollte ihr noch etwas Freiheit gönnen – eine Entscheidung, die ich später bereut habe.

In der Nähe des Autos kam Dunya zwar tatsächlich angerannt, flog aber - dank jahrelanger Erfahrung – an mir vorbei,
ohne mir die Chance zu geben, sie festzuhalten.

Eine Stunde kann man sich mit einem Kreuzworträtsel im
Auto ganz gut beschäftigen, aber immer noch keine Dunya.
Ich ließ die beiden Senioren im Wagen und zog mit Luca und
Lilly noch mal los. Luca wusste genau, wo sie hin wollte, und
da sie Dunya schon einige Male wiedergefunden hat, ließ ich
mich von ihr führen. Durch ein Waldstück, dann noch mal
über die Heide. Sie schaute sich regelmäßig nach mir um, ob
ich auch kam, und blieb oft stehen, witterte und spähte die
Umgebung ab. Ich auch. Nun ja, nicht das Wittern, wohl aber
das Spähen.

Zweimal rannte sie zu einer bestimmten Stelle im Wald und
schnüffelte dort ausführlich. Vielleicht hatte Dunya sich dort
länger aufgehalten, sodass ihr Geruch dort noch vorhanden
war. Jetzt war sie jedenfalls nicht mehr da.

Nach einer Dreiviertelstunde gab auch Luca die Suche auf,
und wir latschten wieder zurück in der Hoffnung, Dunya beim
Auto anzutreffen. No such luck.

Ich dachte an frühere Zeiten, in denen es völlig normal war,
dass ich stundenlang auf Dunya warten musste. Aber das bin
ich nicht mehr gewöhnt, außerdem fror ich bei dem nasskalten
Wetter, meine Gelenke taten mir nach dem langen Laufen
weh, und ich hatte Hunger.

Und je später es wurde, desto mehr geriet ich auch in Sorge.
Vielleicht war Dunya ja nach Hause gelaufen? Früher hatte sie
das ab und zu mal gemacht, aber da sie meist zum Auto
zurückkommt, traute ich mich nicht wegzufahren, um zuhause
nachzusehen. Meine Nachbarn konnte ich telefonisch nicht
erreichen, um sie zu bitten nachzuschauen, ob Dunya

vielleicht schon wieder zuhause war. Also blieb nur eins: weiter warten.

Endlich, nach drei Stunden, hörte ich ein leises Wimmern. Da stand sie, patschnass, schmutzig, kleine Wunde am Ohr, die Muskeln in ihren Hinterläufen zitterten von der Anstrengung, aber ansonsten schien sie in Ordnung. Oh, Dunya, wann wirst du nur endlich mal erwachsen? Und… Judy, wann wirst du endlich mal vernünftig und siehst ein, dass Freilauf für diesen Hund immer ein Wagnis bleiben wird?!

Dunya erzählt: Oma Wurst

Oma Wurst ist so was wie der Weihnachtsmann: Man hört viel darüber, aber weiß nicht, ob es ihn wirklich gibt.

Ab und zu fahren meine Leute weg. Die zwei Kleinen nehmen sie mit, und wir anderen müssen zuhause bleiben. Wenn sie zurückkommen, erzählen Daisy und Lilly mir dann vom Oma-Schlaraffenland. Wenn sie dort in die Wohnung kommen, gehen sie sofort in die Küche, und da steht Oma und teilt Fleischwurst aus. Nicht so geizige Winzigteile, wie mein Mensch sie ab und zu verteilt, sondern so viel wie sie fressen wollen. Sie gehen da auch spazieren, und wenn sie zurückkommen, kriegen sie wieder Wurst. Mensch, super!

Aber ich weiß nicht so recht, ob ich das alles glauben soll. Ist das wirklich wahr oder doch nur Jägerlatein, um mich neidisch zu machen?

Wenn's wahr ist, würde ich zu gern mal mitfahren. Aber die nehmen mich ja nie mit. Ich weiß wirklich nicht, warum, wo ich doch ein so gut erzogener Hund bin.

Obwohl… ich kann mich erinnern, dass meine Leute uns mal alle mitgenommen hatten in ein riesiges Haus mit ebensolchem Garten. Das ist schon ewig her, da waren Rubis und

Flits noch mit dabei. Da kriegten wir Kartoffeln mit ganz leckerer Soße, das weiß ich noch.

Und ich erinnere mich auch daran, dass ich sofort alle Treppen rauf gerast bin, rein ins Schlafzimmer und es mir dort im Bett – wo so eine tolle weiche Tagesdecke drauf lag – mit einem Plüschtier, das da rum lag, gemütlich gemacht habe. Die Frau des Hauses fand das überhaupt nicht gut.

Ob das Oma Wurst war? Nun ja, wenn das so ist, kann ich schon irgendwie verstehen, warum sie mich nicht mehr mitnehmen. Schade eigentlich.

»Wir regen uns nicht auf!«

Die Wetterfrösche hatten angekündigt, dass es vor Weihnachten keinen Frost mehr geben sollte. Ich weiß wirklich nicht, warum ich der Wettervorhersage immer noch Glauben schenke; dass sie wirklich zutrifft, ist eher die Ausnahme. Trotzdem hatte ich das getan und daher das Auto nicht abgedeckt. Das sollte mir noch leidtun.

Als ich aufstand, war es ein Grad unter null, das kam mir schon verdächtig vor. Aber es sollte noch eine Weile dauern, bis ich dahinter kam, was mich draußen erwartete. Jedenfalls war es trocken, und die Sonne gab dem Morgen einen fröhlichen Anstrich.

Erst musste ich die Hunde zusammentrommeln. Dunya und Toby reagierten nicht auf die Vorbereitungen – Schuhe und Jacke an, Hundemäntelchen packen –, es sah also danach aus, dass sie zuhause bleiben wollten, wie sie es bei kaltem oder nassem Wetter öfter tun. Dann sind für diese zehn- und dreizehnjährigen Herrschaften der weiche Korb an der Zentralheizung und das Sofa eine verlockendere Alternative.

Toby setzte sich plötzlich aufrecht in seinen Korb und wedelte leicht, ein untrügliches Zeichen, dass er doch mit will. Also habe ich Toby sein Mäntelchen angezogen und nochmals bei Dunya nachgefragt, ob sie ganz sicher ist, dass sie zuhause bleiben will. Ja, ganz sicher. Absolut.

Als ich endlich nach draußen wollte, war Toby schon wieder in seinen Korb zurückgekrochen. Also holte ich Halsband und Leine und nahm ihn mit in den Garten. Dort rannte Lilly bereits laut kläffend herum, weil es wieder mal alles so lange dauerte, viel zu lange für meinen Gummiball. Luca steckte nur kurz den Kopf zur Hintertür herein und fragte höflich nach, ob sie das richtig verstanden hat, dass wir jetzt spazieren gehen, und Daisy schlenderte zwischen Hintertür und Gartenpforte hin und her.

Inzwischen stand ich heute Morgen bereits das dritte Mal bei der Tür, als auch Dunya sich anders entschied und sich in Zeitlupe und mit hängenden Ohren vom Sofa gleiten ließ. »Eigentlich will ich doch lieber mit. Ist das in Ordnung?«

Natürlich, kein Problem!

Also habe ich auch Dunya angezogen und nach draußen befördert, wobei meine Laune bereits etwas fragwürdig wurde.

Die Fragwürdigkeit schlug akut in „schlecht" um, als ich zum Auto kam. Eine Eisschicht von einem halben Zentimeter bedeckte die Windschutzscheibe, und die Windschutzscheibe eines Volkswagen Transporters ist groß. Natürlich waren auch die anderen Scheiben zugefroren, sowie die Schiebetür, die sich zum Glück öffnen ließ, nachdem ich eine Weile daran gerüttelt hatte. Nun konnte ich jedenfalls schon mal die Hunde einladen.

Auf zum Projekt Windschutzscheibe. Das Eisfrei-Spray griff lediglich die oberste Schicht an, der Rest des Eises blieb in dicken Klumpen auf der Scheibe kleben. Mein Eiskratzer schabte nutzlos darüber hinweg. Die Scheibenwischer waren auch in der Eisdecke festgefroren, wobei die Gummienden beider Wischer spitz in die eisige Luft ragten, was bestimmt auch nicht ganz in Ordnung ist.

Abwechselnd kratzen und sprayen; das Eis, das ich durch das Spray etwas frei bekommen hatte, wieder weg kratzen, sprayen…

Nach zwanzig Minuten, einer halben Flasche Eisfrei-Spray und mit Hilfe des im Leerlauf drehenden Motors – tut mir leid, liebe Umwelt, normalerweise mache ich das nie! – war die Scheibe soweit frei, dass ich losfahren konnte; auch die Scheibenwischer hatten sich zu einer gewissen Beweglichkeit durchgerungen. Um zehn nach zehn hatte ich mit den Vorbereitungen begonnen; inzwischen war es zehn vor elf. So konnte ich nie alles schaffen, was ich mir für heute vorgenommen hatte.

Auf zum Spaziergang.

Im Wald sackte ich durch die schweren Regenfälle der letzten Woche zentimetertief im Schlamm ein; auf der Heide waren die Wege noch vereist.

Plötzlich rannte Luca bellend nach vorn und kam erst nach zweimaligem Rufen zurück und auch dann noch halbherzig (»Siehst du nicht, dass ich uns beschützen muss? Warum unternimmst *du* denn nichts?!«). Ich konnte noch nicht sehen, wen sie da gerade zu Tode erschreckt hatte, weil der Weg eine Biegung machte, aber bereitete mich auf eine nicht allzu freundliche Begegnung mit „Jemandem" vor.

Der "Jemand" war ein Mann mit Hund, wie ich wenig später feststellen konnte, und nun flogen auch die beiden Kleinen in diese Richtung. Sobald ich in Hörweite war, habe ich mich sofort für meine unhöfliche Meute entschuldigt. Die Hunde hatten inzwischen auf normale hündische Art Kontakt mit dem, wie sich glücklicherweise herausstellte, sozialen und ziemlich Stress-immunen Retriever aufgenommen.

Der dazugehörige Mann lachte und sagte mit einer ausladenden Bewegung seines Armes, die die Schönheit der Natur und die strahlende Sonne zu umfassen schien: »Schau doch nur, was für ein herrliches Wetter! Wir regen uns heute nicht auf!«

So ein Mann ist Gold wert an einem Morgen wie diesem!

Ich beschließe spontan, die Aktivitäten, zu denen ich mich selbst heute verpflichtet hatte, wie staubsaugen, abwaschen, Recherchen am Rechner und unangenehme Telefongespräche, auf morgen zu verschieben. Heute regen wir uns auch nicht auf!

Was ist schlimmer als fünf Hunde auf den Spaziergang vorzubereiten?

… fünf Hunde auf den Spaziergang *im Winter* vorzubereiten! Zehn Uhr. Ich trödle ein bisschen herum, denn ich habe nicht viel Lust auf das, was unweigerlich ansteht: mich und die Hunde auf den Spaziergang in dieser Eiseskälte vorzubereiten. Lange Unterhose, Beinwärmer, dicke Wollsocken. Das Anziehen meiner Wanderschuhe dauert ewig, weil Lilly und Toby wie üblich ständig zwischen meinen Füßen herum wuseln und ich die Schnürsenkel drei Mal aufs Neue zubinden muss.

Dann die obere Hälfte. Über Hemd und T-Shirt kommen Wollpullover, Wollweste und Wollmantel.

Fast fertig. Noch Mütze, Schal und Handschuhe.

Zehn nach zehn. Von den immer-Mitgehern braucht nur Daisy einen Mantel, aber sie hasst das und verkriecht sich wieder erst mal unter den Tisch. Da fische ich sie heraus, ziehe ihr den Mantel an und dirigiere sie zusammen mit Luca und Lilly in den Garten.

Was machen die anderen? Besonders bei Toby lässt die Entscheidungsfreudigkeit immer sehr zu wünschen übrig. Wie war das doch gleich, dass Hund und Mensch einander ähneln?!

Dunya bleibt auf der Couch liegen, reckt sich genüsslich aus und gähnt. Sie scheint sich entschieden zu haben, zuhause zu bleiben. Obwohl – bei ihr weiß man das nie so genau.

Toby zögert noch. Er sitzt wedelnd im Korb, läuft durchs Zimmer, in die Küche. Ich ziehe ihm seinen Mantel an, denn anscheinend will er doch mit. Aber weiter als in die Küche kommt er nicht. Rufen, Locken, in die Hände klatschen hat alles keinen Effekt. Toby kehrt in seinen Korb zurück. Okay, die beiden bleiben also zuhause (Mantel wieder aus).

Das bedeutet, dass Kater Krieltje aus dem Zimmer muss; denn ich lasse ihn aus Sicherheitsgründen nicht mit den Hunden alleine, wenn ich weg gehe. Krieltje kann sich dann im unteren wie im oberen Flur, im Gästezimmer und im Katzenzimmer frei bewegen. Dennoch nimmt er es mir ausgesprochen übel, wenn er eine Weile nicht in die Küche und ins Wohnzimmer darf. Das ist auch jetzt der Fall; er hatte sich gerade gemütlich an die Heizung gekuschelt und findet es gar nicht lustig, dass ich ihn von diesem warmen Plätzchen weg hole.

Zwanzig nach zehn. Als ich zur Hintertür laufe, sehe ich aus den Augenwinkeln Dunya in Zeitlupe von der Couch kommen. Das hätte ich mir denken können; es ist schließlich nicht das erste Mal, dass sie sich um-entscheidet. Also hole ich auch für sie Mantel, Halsband und Leine und bringe sie ebenfalls nach draußen. Ein letztes Mal rufe ich Toby, aber der bleibt in seinem Korb liegen.

Können wir dann endlich los? Im Prinzip ja. Aber die Hintertür lässt sich nicht von außen abschließen, die Seite des

Schlosses ist zugefroren. Macht nichts, wieder ins Haus. Von innen abschließen (das geht!), zur Vordertür raus und von da aus in den Garten, um die Hunde zu holen.

Nein, geht doch nicht. Die Gartenpforte ist nämlich noch verriegelt. Zurück ins Haus, Hintertür wieder aufschließen, durch den Garten, wo Dunya bei minus dreizehn Grad trotz Mantel zittert, die Arme. Pforte entriegeln, Hunde endlich zum Auto.

Die Zentralverriegelung weigert ihren Dienst bei dieser Kälte. Aber zum Glück haben wir wenigstens trockenen Frost, sodass ich die Türen zwar mit dem Schlüssel aufschließen, aber wenigstens kein Eis kratzen oder die zugefrorenen Türen mit dem Föhn enteisen muss wie im letzten Jahr. Im Auto ist es leider auch nicht viel wärmer.

Schnell durch den Garten zurück, die Hintertür von innen abschließen und zum Auto. Meine Finger schmerzen inzwischen von der Kälte, weil ich immer wieder die Handschuhe ausziehen muss.

Halb elf ist es inzwischen…

Wo ist Lucas Halsband? Hängt nicht im Auto. Ach ja, das hatte ich ja gestern mit Lederfett behandelt, liegt noch in der Küche. Das hole ich also auch noch schnell.

Als ich gerade ins Auto einsteigen will, werde ich durch Toby aufgescheucht, der das ganze Haus zusammen heult. Jetzt bin ich's aber wirklich leid! Ich scheuche ihn in den Garten und ins Auto – natürlich kriegt auch er erst seinen Mantel an – und dann zum hoffentlich letzten Mal heute Morgen die Prozedur mit den Türen, und gegen viertel vor elf können wir dann endlich zum Spaziergang aufbrechen… nachdem ich die Wohnzimmertür für Krieltje wieder geöffnet habe, jetzt wo doch alle Hunde mitgehen.

Nach dem Spaziergang muss ich noch einkaufen. Auch

wenn das bedeutet, dass ich Dunya, Toby und Lilly erst nach Hause bringen muss, weil es im Auto nicht so angenehm ist bei der Kälte. Daisy geht mit, denn sie ist immer da, wo ich bin, und Luca muss mit, weil sie nicht allein zuhause bleiben kann und die Kälte ihr zum Glück auch nichts ausmacht. Im Gegenteil, dies ist ausgesprochenes Herdenschutzhundwetter: Luca lebt auf, rennt und spielt und lacht auf den Spaziergängen, was für mich alles wieder ein bisschen gut macht.

Beim Zwischenstopp zuhause muss ich mich natürlich erst wieder auf die Suche nach Krieltje machen – der wie alle Katzen die Fähigkeit besitzt, sich in diesen Situationen unsichtbar zu machen – um ihn „aussperren" zu können.

Und wenn ich dann zurück bin, die Hunde versorgt und selbst etwas gegessen habe, bleiben mir gerade mal zwei Stunden bis zum Mittagspaziergang, wo sich das Ganze in dieser oder ähnlicher Form wiederholt.

Dunya erzählt: Zehn Jahre Podencozeitung

Mein Mensch gibt die Podencozeitung zwar heraus, aber nun mal ehrlich: Ohne mich gäbe es gar keine Podencozeitung, und mein Mensch hätte nicht immer wieder Stoff für neue Geschichten, und Bücher hätte sie schon gar nicht geschrieben.

Ich habe in den zehn Jahren viel mitgemacht, habe Hunde kommen und manche auch wieder gehen sehen. Vor allem bei Flits tat das weh, er war schon da, als ich kam. Auch wenn ich mir das nicht so anmerken ließ, war er doch mein Kumpel.

Ich habe zig Kurse mit meinem Menschen besucht, weil sie eben unbelehrbar ist, habe Haus und Garten renoviert und die halbe Provinz unsicher gemacht... oh ja, und den Morvan in Frankreich und die belgischen Ardennen auch.

Ich habe den trägen niederländischen Mäusen und Kaninchen gezeigt, was ein richtiger Podenco ist, und so völlig uneigennützig zur Verbesserung ihrer Kondition beigetragen.

Ich bin mit meinen Leuten in Urlaub gewesen und habe den Urlaub auch manchmal zuhause mit meinen Dogsittern verbracht.

Ich habe meinem Menschen viel beigebracht in den zehn Jahren, zunächst einmal etwas, was sie noch nicht kannte, was aber fürs Zusammenleben mit einem Podenco unbedingt erforderlich ist: Geduld! Und vor allem habe ich ihr beigebracht, dass sie endlich mal aufhören muss, an mir herum zu erziehen … mit wechselndem Erfolg.

Und ich habe brav meinen Beitrag an der Podencozeitung geliefert in Form meiner eigenen Rubrik „Dunyas Blick auf die Welt".

Es haben viele Geschichten drin gestanden über ganz viele Hunde. Brave, gut erzogene Podencos (diese Langweiler) und über tolle abenteuerliche Podencos wie mich. Viele Leute sind erst durch unsere Website dahinter gekommen, dass sie einen Podenco hatten; und die haben dann auch in der Zeitung meine Abenteuer und die meiner Artgenossen verfolgt.

Im Laufe der Zeit kamen auch immer mehr Geschichten über die Langnasen dazu, die Greyhounds und Galgos. Hm… fand ich ja nicht so toll, aber viele Leute finden diese Hunde Klasse. Ja, mein Mensch auch. Sie war ganz begeistert von Bonita. Keine Ahnung warum, denn sie haute nie ab, hatte Null Jagdinstinkt, machte nie was kaputt, also was da so toll dran sein soll?

Und dann geht jetzt die Podencozeitung ihrem Ende entgegen. Ist auch Zeit, nach zehn Jahren. Dieser Beitrag ist sozusagen meine Abschiedsvorstellung, zumindest was meine

Karriere als Autor betrifft. Denn ansonsten hoffe ich noch lange aktiv zu bleiben... und meinen Menschen zur Weißglut zu bringen.

Das Fliegengitter

Gestern habe ich einen Vorhang aus Perlenschnüren als Fliegengitter vor die Hintertür gehängt, und es war lustig zu sehen, wie unterschiedlich die Hunde darauf reagierten.

Lilly war natürlich die Erste. Wie immer kam sie in voller Fahrt aus der Küche geschossen, bremste etwa eine halbe Sekunde – »Das gibt bestimmt nach!« - und rutsch und durch.

Dunya schnüffelte gelangweilt – »Was nu' wieder?!« – und stolzierte elegant durch die Perlenschnüre.

Toby blieb erst mal stehen und sondierte die Lage. »Hm? Was ist das? Eine Mauer vor der Tür? Ach, wenn Dunya durch kann, kann ich es sicher auch«.

Luca stutzte, wich zurück, als habe sich ein Abgrund vor ihr aufgetan, und rettete sich mit einem knappen, aber unmissverständlichen »Kenn ich nich', mach ich nich'!« zurück in die Küche.

Daisy, die vertrauensvoll davon ausgeht, dass ich alle Probleme löse, mit denen sie in ihrem Hundeleben konfrontiert wird, schaute sich unglücklich zu mir um. »Frauchen, Hilfe!!«

Das neue Hundebett

Ich habe ein neues Hundebett bestellt. Zugegeben, nicht um den Hunden eine Freude zu machen, sondern mir. Nein, ich lege mich da nicht rein, aber ich hatte einfach keine Lust mehr, den ganzen Tag den alten Hundekorb im Blickfeld zu haben. Der musste jetzt einfach mal weg. Der Überzug war zerrissen, der Korb selbst kaputt gekratzt, und beim neuen Beziehen wurde ich jedes Mal von den Schaumstoffflocken begrüßt, die mir aus seinem Inneren entgegen kamen. Das Kissen selbst war noch gut, aber auch dessen Überzug war zerrissen. Kurz und gut: Der Korb hatte seine beste Zeit gehabt.

An das neue Hundebett mussten natürlich einige Anforderungen gestellt werden. Wichtig für mich: es soll gut aussehen, leicht zu reinigen sein, und es soll unter meinen Schreibtisch passen. Groß genug für die Hunde, aber nicht *zu* groß, sodass noch ein bisschen Platz für meine Beine übrig bleibt, wenn ich am Schreibtisch sitze.

Die Hunde stellen ganz andere Anforderungen an ihren Liegeplatz, und die sollte ich ernst nehmen, wenn ich nicht nur ein *leeres* Hundebett bewundern will. Es sollte rund oder oval sein, und einen breiten Rand muss es haben. Dieser muss weich genug sein, um den Kopf darauf zu betten, aber hart genug, dann nicht einzusacken. Ansonsten muss der Rand hoch genug sein, um dieses wunderbar behagliche Gefühl hervorzurufen, aber niedrig genug, um leicht einsteigen zu können. Natürlich muss auch ein Kissen drin liegen. Das darf nicht zu dünn sein, sodass man schön weich liegt, aber auch nicht zu dick, weil man sonst zu tief darin einsackt.

Aber nein, meine Hunde sind überhaupt nicht verwöhnt.

Wochenlang war ich im Internet unterwegs, habe Körbe, Betten und Preise, Farben und Material verglichen. Endlich habe ich ein Hundebett gefunden, dass meinen *und* den Ansprüchen der Hunde gerecht werden sollte. Ein rundes Bett aus Kunstleder mit niedrigem Einstieg und weichem, aber stabilen Rand und einem weichen Kunstlederkissen (wo natürlich eine Decke drauf muss, denn die Damen und der Herr liegen nicht gern auf dem nackten Leder. Nein, sie sind wirklich nicht verwöhnt!).

Und heute kam das Bett dann endlich. Ich packte es begeistert aus – was für ein Prachtstück! -, beförderte den alten Korb mit einem gezielten Tritt zeitweilig mitten ins Zimmer und stellte das neue Bett unter meinen Schreibtisch.

Podenca Dunya schaut sich die Neuerwerbung als erste neugierig an und setzt vorsichtig eine Pfote hinein. Oh nein, die Pfote sackt zu tief in dem Kissen ein. Abgelehnt!

Toby, mein Schlappohr, der sonst nur mit Mühe unter meinem Schreibtisch hervor zu locken ist, lässt sich zufrieden in den alten, vergammelten Korb fallen, der jetzt mitten im Zimmer steht.

So war das ja nun nicht gedacht. Ich untersuche das Kissen. Überzug aus Kunstleder mit Reißverschluss und weichem Innenkissen. In dem Überzug ist ziemlich viel Luft, wodurch ein wenig der Effekt eines Wasserbettes entsteht. Also öffne ich den Reißverschluss und presse etwas Luft aus dem Kissen.

Besser, aber immer noch nicht zufriedenstellend, findet Dunya.

Decke auf das Kissen. Hm, immer noch zu viel Wasserbett. Aber meine Trickkiste ist noch lange nicht leer. Aus einem anderen Korb hole ich ein Kissen, auf dem sie gern liegen. Leckerli drauf und abwarten. Na gut, das Leckerli will Dunya sich holen, aber mehr als eine Pfote geht immer noch nicht in das neue Bett.

Toby kommt lieber gar nicht erst in die Nähe dieses neuen Ungetüms und beobachtet meine bescheidenen Versuche aus seinem alten, sicheren Korb heraus.

Neuer Versuch: Das neue Kissen zieht – wie gemein von mir! – in Dunyas Lieblingskorb bei der Heizung um. Was wird sie jetzt wohl machen? Ha, wusste ich es doch, unter Protest legt sie sich drauf. Das ist prima, aber eigentlich doch nicht ganz, was ich erreichen wollte, denn das neue Hundebett ist immer noch leer.

Also gut, ich gebe auf. Als Toby aufsteht, packe ich das alte, verschlissene, zerrissene Kissen und lege das in das neue Bett. Sofort geht Toby rein. Wir haben also eine Art Kompromiss erreicht: das alte Kissen – das ich hoffentlich irgendwann doch mal ersetzen darf – im neuen Hundebett und das neue Kissen in einem alten, aber zum Glück nicht *dem* alten Korb, denn der geht definitiv auf den Sperrmüll.

Eine Stunde später: Toby liegt auf dem neuen Kissen im alten Korb, Dunya auf der Couch, und das schöne neue Hundebett ist leer.

Zwei Stunden später: Lilly – klein aber oho - probiert das neue Bett aus und ist anscheinend ganz zufrieden damit.

Am nächsten Tag lege ich das neue Kissen wieder in das neue Hundebett zurück, wo es hingehört, und warte gespannt ab, ob vielleicht doch jemand…

Die nächsten Tage ist das Bett rund um die Uhr besetzt! Erst von Malteser Daisy, dann übernimmt Dunya und schließlich Toby. Und seitdem liegt er wieder wie früher unter meinem Schreibtisch, aber jetzt in einem wunderschönen Hundebett, mit dem wir beide zufrieden sind.

Abenteuer im Mais

Wenn man einen Podenco *und* einen Sabueso hat, denen man regelmäßig Freilauf gewährt, gewöhnt man sich daran, dass die Spaziergänge manchmal eine unerwartete Wendung nehmen. Aber heute war es sogar für unsere Verhältnisse ein ziemlicher Abenteuerspaziergang mit den beiden zehn- und dreizehnjährigen Senioren.

Dunya hat uns früher ja oft viele Stunden warten lassen, wenn sie wieder mal abgehauen war, aber mit den Jahren ist sie ruhiger geworden, sodass sie jetzt täglich ihren Freilauf auf der Heide genießen kann.

Ab und zu geht es schief, dann verschwindet sie in den Maisfeldern, die das Heidegebiet umgeben und bleibt zwei Stunden weg. Aber meist rennt sie nur über die Heide, interessiert sich für die Architektur der Kaninchenbauten und lässt sich nach dem Spaziergang problemlos wieder an die Leine nehmen.

Jetzt sieht es leider ganz danach aus, dass Toby Dunyas frühere Eskapaden übernimmt. Monatelang konnte er ganz gut frei laufen, ab und zu war er mal kurz verschwunden. Aber die letzten Wochen ist es mehr Regel als Ausnahme, dass er ein oder zwei Stunden weg bleibt. Daher halte ich ihn auf der Heide entweder an der Leine, oder ich lasse ihn eine halbe Stunde frei laufen und leine ihn danach an.

Letzteres hatte ich auch heute Morgen vor. Aber diesen Plan konnte ich nicht in die Tat umsetzen, weil Toby gleich zu Anfang des Spazierganges im Mais verschwunden war. Ich hatte also Zeit und Muße, ausgiebig über die wundervoll blühende Heide zu ziehen, die Natur und die rennenden und grabenden Hunde zu genießen und zu fotografieren – in der Erwartung, dass Toby vorläufig nicht zurückkommen würde.

Plötzlich klang vom Waldrand her Dunyas aufgeregtes Bellen, auf das die anderen drei selbstverständlich sofort mit bravem „Kommen" reagierten. Aus der Ferne sah ich, dass Dunya etwas in der Schnauze hatte, es los ließ und dann wieder aufnahm. Ich schlug mich also durchs Gebüsch, um zu schauen, was da los war und sah zum Glück, dass es kein Kaninchen war, sondern ein Igel, der durch seine Stacheln von Dunya nichts zu befürchten hatte. Nun verstand ich auch, warum sie ihre „Beute" stets wieder fallen ließ.

Ich konnte Dunya überreden, den Igel gegen ein Leckerli zu tauschen und brachte sie erst mal von dem Tier weg. Ein Stück weiter stürzte sie sich mit Begeisterung aufs Ausgraben verlassener Kaninchenbauten, wo ich sie eine Stunde später wieder abholte, um sie an der Leine mit zum Auto zu nehmen. Es war ein toller Spaziergang gewesen, aber wir waren müde, durstig, und Dunyas Hinterbeine fingen an zu zittern.

Toby hatten wir die ganze Zeit nicht gesehen und auch nicht seine wohl bekannte „Sirene" gehört, ein lautes Jaulen, das Hunderte von Metern weit trägt und mit dem er uns ruft, wenn er sich verlaufen hat.

Nachdem wir eine Weile im Auto gewartet hatten, brachen wir erneut zum Spaziergang auf, nicht so sehr in der Hoffnung, Toby auf der Heide zu finden – wenn er dort gewesen wäre, hätte er längst den Weg zum Parkplatz gefunden – sondern um alle wieder mal die Beine zu strecken. Auch Dunya wollte gern mit; prima, aber diesmal an der Ausziehleine. Ich wollte nicht das Risiko eingehen, dass sie auch noch abhaut.

Die Sonne schien, und die Heide blühte noch immer wunderschön, aber für all das konnte ich doch weniger Begeisterung aufbringen als am Morgen.

Als wir am Rand der Heide angelangt waren, hörte ich Tobys Jaulen. Es kam natürlich aus dem Maisfeld.

»Fraaauuuuaaaauuuuchen, wo bist du? Ich bin hier!«

In der Hoffnung, ihn dort zu finden, versuchte ich am Feld entlang zu laufen, stets rufend, sodass er sich wie schon öfter, an meiner Stimme orientieren konnte. Das war aber gar nicht so einfach. Der „Weg" war eigentlich gar keiner, sehr schmal und er lief auch noch schief, von den vielen Löchern und dem aufgeweichten Boden ganz zu schweigen. Auf der einen Seite der hohe Mais, auf der anderen kniehohes Unkraut, darunter auch Brennnessel, und ich hatte kurze Hosen an. Na bravo.

Dunya fand diesen Ausflug super und verschwand ganz begeistert im Mais. An der Ausziehleine wohlbemerkt. Es war unmöglich, sie dort wieder herauszubekommen, weil die lange Leine sich zwischen den Maisstengeln verheddert hatte. Ich musste also selbst in das Maisfeld, Dunya am Halsband festhalten, die Leine los machen und anschließend Maisstengel und Leine entwirren. Keine gute Kombination, Mais und Ausziehleine. Also musste Dunya sich fortan mit der kurzen Leine begnügen. Und weiter ging es, entlang dem Feld. Ein paar Mal kam meine Haut in unangenehmen Kontakt mit den Brennnesseln, aber ich war fest entschlossen, Toby zu finden. Also Augen zu und durch.

In der Zwischenzeit hatte Lilly es irgendwie geschafft, in eine eingezäunte Weide zu kommen, aus der sie jetzt nicht mehr herauskam. Na toll, auch das noch! Die Weide war mit niedrigem, aber feinmaschigem Draht eingezäunt, und darüber war ein elektrischer Weidezaun gespannt. Keine Ahnung, ob der Strom angestellt war, aber ich verspürte auch wenig Lust, das auszuprobieren. So etwas hatte ich doch auch mal mit Dunya…

Ich bin also ein Stück um das Feld herum gelaufen und fand eine Stelle, wo zwischen Maschendraht und Weidezaun etwas mehr Platz war. Da konnte ich meinen Arm durchstecken und Lilly an der Rückenlasche ihres Brustgeschirrs herausziehen. So weit, so gut. Also wieder auf Tobysuche. Der „Weg" endete in einer Art struppigen Grashügel, wo wir eine Weile warteten. Jetzt hörten wir Toby regelmäßig jaulen, ich rief und pfiff die ganze Zeit; Luca schlug sich auch ins Maisfeld, kam aber nach einer Weile ohne Toby zurück. Sie fand anscheinend, dass sie ihren Teil getan hatte und legte sich erst mal gemütlich ins Gras... hätte ich auch ganz gern gemacht, aber ich hatte Angst, dass ich nicht mehr hochkommen würde.

Dunyas linkes Hinterbein zitterte jetzt recht heftig; sogar für ihre Verhältnisse war das alles doch ein bisschen viel,.

Schließlich musste ich den Plan, Toby zu finden, aufgeben und zum Auto zurückkehren. Die Maisfelder sind riesig und ziehen sich über viele Kilometer hin, da war es unmöglich, Tobys Jaulen genau zu lokalisieren. Für den Rückweg nutzte ich nicht mehr den „Weg", sondern ging zwischen zwei Reihen mit Maispflanzen hindurch. Nicht dass das so toll zu laufen war, vor allem nicht, wenn man auch noch einen Podenco mitführen muss, ohne dass die Leine sich verheddert, aber wenigstens gab es dort keine Brennnessel.

Ich konnte nur hoffen, dass Toby selbst den Ausweg aus dem Mais finden und zum Parkplatz zurückkommen würde (was er immer macht, wenn er sich nicht gerade verlaufen hat).

Zum Glück geschah das auch. Gute vier Stunden nach dem Beginn unseres „Morgen"-Spaziergangs kam er angelatscht. Pechschwarz, müde, mit Matsch bedeckt. Er konnte nicht mal mehr selbst ins Auto springen, ich musste ihm helfen. Trinken. Hinlegen.

Zuhause habe ich den gröbsten Schmutz mit dem Garten-schlauch abgespült. Alle Hunde gefüttert. Und einen Toby, der sich leider nicht – endlich – schlafen legt, sondern das Verhal-ten eines Kindes nach einem Kinderfest zeigt, das ich nur zu gut von Dunya kenne: aufgedreht, nicht zur Ruhe kommend, mal hierhin, mal dorthin laufend, winselnd.

Inzwischen ist es Zeit für den Mittagsspaziergang, aber ich denke, dass der heute mal ausfällt... ich kann beinahe mit der Zubereitung des Abendessens anfangen.

Ich bin's noch mal: Dunya

Die Podencozeitung gibt's nicht mehr, also eigentlich gibt es gar keinen Grund für eine neue Kolumne. Trotzdem muss ich mich noch mal zu Wort melden.

Oft habe ich euch von meinen Erziehungsversuchen berich-tet, die fast alle jämmerlich gescheitert sind. Aber jetzt auf ein-mal, wo ich es schon fast nicht mehr erwartet hätte, scheinen sie endlich von Erfolg gekrönt zu werden: Mein Mensch gönnt mir nicht nur ab und zu meinen Freilauf, sondern täglich. Dreizehn Jahre habe ich darauf warten müssen, aber immer-hin. Besser späte Einsicht als gar keine.

Der Freilauf findet ausschließlich auf der Heide statt, aber das ist nicht so schlimm, denn sie grenzt an ein riesiges Mais-feld, sodass ich eine gute Alternative habe, wenn's mir auf der Heide zu langweilig wird.

Heute brauchte ich aber gar nicht in die Felder auszuwei-chen, denn auf der Heide war es super! Mein Mensch und meine Kumpels drehten ihre Runde, die eine Dreiviertelstunde dauert. Ich hielt wie üblich meist Blickkontakt – ja, das mache ich, seit ich nicht mehr so gut höre – und konnte das zufriedene Grinsen auf dem Gesicht meines Menschen sehen, wenn wir alle über die Heide rasen – außer Toby, der musste an der Leine bleiben, weil er gestern vier Stunden lang weg war.

Nach einer Weile, nachdem ich mir schon ein paar Mal Leckerchen abgeholt hatte, zeigte mein Mensch mir die Leine und fragte, ob ich fertig sei. Das macht sie immer so, dann kann ich selbst entscheiden, ob ich noch weiter rennen will oder nicht; und oft habe ich dann auch genug und komme brav angetrottet - man ist ja nicht mehr die Jüngste - aber heute nicht.

Ich sah, wie sie alle Richtung Parkplatz gingen und hörte meinen Menschen noch sagen: »Dunya kommt bestimmt auch gleich«. Tut mir leid, heute habe ich andere Pläne.

Eine Stunde, zwei Wurstschnitten und drei Sudoku-Rätsel später kam mein Mensch wieder. Inzwischen hatte ich einen super-interessanten Kaninchenbau gefunden und mit dem Ausgraben angefangen. Ich passte schon mit dem ganzen Körper rein. Darum gab ich mir alle Mühe, mich bloß nicht sehen zu lassen.

Geschafft! Sie hatte mich nicht gefunden und lief weiter, und ich konnte meine Arbeit wieder aufnehmen.

Nach einer weiteren Stunde musste ich doch mal kurz raus zum Luftholen und um meine alten Knochen zu strecken. Und wer steht da auf dem Pfad? Mein Mensch, und dieses Mal hat sie mich gesehen. Mist! Sie war nochmal losgezogen, weil sie nach drei Stunden Angst bekam, ich könne vielleicht irgendwo feststecken.

Sie rief mich und erwartete anscheinend, dass ich kommen würde. Ging aber nicht, ich hatte ja noch eine Menge Arbeit. Also wieder rein in meine unterirdische Villa. Mein Mensch stieg auf einen Hügel, von wo aus sie eine gute Übersicht hatte, und ich hörte sie sagen: »Das gibt's doch nicht, eben war sie noch hier. Sie kann sich doch nicht in Luft aufgelöst haben…«.

Leider hat meine weiße Schwanzspitze mich dann aber doch verraten, und mein Mensch fand den Kaninchenbau. Als ich gerade mal wieder raus kam, hat sie mich - ohne geziemende Bewunderung für meine kreativen Erdarbeiten - kurzentschlossen angeleint. Das war nicht fair, dieses Mal hat sie nicht gefragt, ob ich fertig bin. Sonst hätte ich mit einem entschlossenen »Nein!« geantwortet.

Mein Mensch möchte gern noch hinzufügen, dass ich nicht nur völlig verdreckt war, sondern dass die Muskeln meiner Hinterbeine ganz schön zitterten und ich kaum noch in der Lage war, zum Auto zurückzulaufen. Und dass das Ganze teilweise in strömendem Regen und Hagel stattfand, was mir persönlich nicht so erwähnenswert erschien. Schließlich saß *ich* in meinem Kaninchenbau ja trocken!

Abschied von Dunya

Dunya – Erinnerungen – die junge Podenca, die mein Bettzeug zerfetzt, den Garten umgräbt, die Pflanzen schreddert und alles im Haus kaputt macht, was ihr zwischen die Pfoten und in die Schnauze kommt… um nachts todmüde und glücklich in meinen Armen einzuschlafen.

Stundenlanges Warten in Eiseskälte, erst böse, dann ängstlich, bis Dunya endlich ausgerast war; eine patschnasse, schmutzige, aber oh so glückliche Dunya, die nach ihren Abenteuern wieder fröhlich und zufrieden neben mir stand.

Jahrelang habe ich nach einem Kompromiss zwischen Freiheit und Sicherheit gesucht und ihr trotz allem, was dagegen sprach, doch immer wieder den Freilauf gegönnt. Und wie hat sie ihn genossen! Die letzten Jahre, in denen sie meist in Sichtweite blieb, gab sie mir die Möglichkeit, ihre Freude zu teilen und meinen immer noch rasend schnellen, graziösen Hund zu bewundern.

Dunya war kein Schmuser, wie viele andere Podencos. Im Laufe der Jahre wurde sie immer selbstständiger und unabhängiger. Ich war brauchbar als Dosenöffner, Portier und fürs Zudecken im Winter. Aber wenn sie krank war oder ich nach längerer Abwesenheit nach Hause kam, zeigte sie sich verschmust und vermittelte mir den Eindruck, dass sie mich auf ihre Art doch gern hatte.

Die letzte Zeit wurde sie plötzlich wieder anhänglicher. Kam regelmäßig Streicheleinheiten einfordern, leckte mir die Hände. Achtete auf mich beim Spaziergang.

Dunya war kein Hund, den man liebte, weil..., sondern trotz... ein Hund, über den man Bücher schreiben konnte - was ich dann ja auch getan habe. Während der ersten stürmischen zehn Jahre ihres Lebens hat sie mich zum Schreiben inspiriert, woraus vier Bücher mit Kurzgeschichten entstanden sind.

Aber Dunyas Einfluss reichte weiter. Sie gab den Anstoß zu vielen Kontakten in Rescue-Land, denen ich einige wertvolle Freundschaften verdanke. Die Podencozeitung, meine Website, Hilfe für Menschen mit Fragen über oder Probleme mit ihrem Podenco, das jährliche Podencotreffen, mein Podenco-Rassebuch. Ohne Dunya hätte es all das nicht gegeben.

Und so hat dieses kleine Hündchen mit den viel zu großen Ohren und den viel zu langen Beinen, das ich am 24. Juli 1998 am Flughafen in meine Arme schloss, nicht nur einen gewaltigen Einfluss auf mein eigenes Leben gehabt, sondern es hat auch die Leben vieler anderer Menschen und Hunde beeinflusst und bereichert.

Und nun ist mein früherer Wirbelwind sechzehn Jahre und fünf Monate alt, und sie kann nicht mehr. Letztes Jahr hatte sie zwei Mal ein geriatrisches Vestibulärsyndrom, von dem sie sich erstaunlich gut erholt hat. Auch dass sie inzwischen fast taub war, inkontinent und ein bisschen demenzkrank, dass ihr Rücken und ihre Glieder etwas steif wurden, hat uns nicht unterkriegen können.

Aber gegen den inoperablen Tumor in ihrer Nase, der vor vier Monaten diagnostiziert wurde, konnte auch meine starke Podenca nicht an. Und zum ersten Mal konnte ich ihr nicht mehr helfen. Musste machtlos zusehen, wie sie immer mehr Probleme mit der Atmung bekam, und das Hecheln und Röcheln verschlimmerte sich.

Dunya, mein kleines großes Mädchen. Was für eine Liebe. Bis zuletzt hatte sie Freude an unseren Spaziergängen, aber die restliche Zeit machte sie einen tief unglücklichen Eindruck, wollte nicht mehr fressen, konnte keine Ruhe mehr finden, schaute mich an, fragend, mutlos, verzweifelt.

Ihre Augen, die immer so „menschlich" waren, so sprechend, in denen alle Weisheit dieser Welt zu liegen schien. Aber statt schelmischer Lebensfreude und Energie strahlten ihre Augen jetzt eine intensive Müdigkeit aus.

Es ist genug gewesen. Es ist gut. Wie schwer es mir auch fällt, sie loszulassen, ein letztes Mal, dieses Mal für immer, ist es doch das Letzte, das ich noch für sie tun kann. Auch das ist Liebe.

In meinen Armen ist sie friedlich eingeschlafen, hinübergeglitten in ... wer weiß... eine andere Welt, das Land hinter dem Regenbogen, wo sie wieder jung ist und nach Herzenslust rennen kann...

In dieser Welt wird sie weiterleben in meinem Herzen und in den Herzen vieler anderer Menschen, die Dunya geliebt haben, in unzähligen Fotos, in den Geschichten, den Büchern, in unserer Erinnerung.
Danke, Dunya, dass es dich gab!

Dein Mensch

Wieder ein Podenco?

Dunya fehlte mir sehr. Die Lücke, die sie hinterlassen hatte, war groß und schmerzlich, trotz der vier Hunde, die noch im Hause waren, die ich liebte und die mich ablenkten. Mir fehlte nicht nur Dunya als Individuum, sondern auch „ein Podenco". Diese so besondere Rasse, die mit keiner anderen zu vergleichen ist. Die ulkigen Gesichtsausdrücke, die verrückten Streiche. Ein Hund, der mich trotz aller Ärgernisse doch immer wieder zum Lachen brachte und … und… und …

Ein junger Podenco kam für mich aus verschiedenen Gründen nicht mehr in Frage; aber vielleicht ein älterer Hund, der schon ein wenig ruhiger wäre?

Anfangs noch zögernd, aber mit wachsender Begeisterung schaute ich mir die verschiedenen Internetseiten an, auf der Suche nach „meinem" neuen Hund. In Maya (damals noch Alpispa) meinte ich ihn oder besser gesagt sie gefunden zu haben. Eine Podenco canario-Hündin, geschätzte elf oder zwölf Jahre alt, die in den Bergen gefunden worden war und nun in einem Tierheim auf Teneriffa lebte.

Obwohl ich aus Erfahrung weiß, dass man sich auf die in der Beschreibung aufgelisteten Eigenschaften nicht unbedingt verlassen kann und dass das Verhalten eines Hundes im Tierheim nicht vergleichbar ist mit dem in einer häuslichen

Umgebung, klang die Beschreibung sehr positiv: pflegeleicht, treu, liebt Menschen (auch Kinder), dankbar und froh über jedes Bisschen Aufmerksamkeit, fröhlich, intelligent, lernt schnell, sehr gut im Umgang mit anderen Hunden, geht Problemen aus dem Weg, nicht mehr über-aktiv. Sie passte sich schnell an alles und jeden an. Und – wichtig für mich – sie war schön ruhig. Soweit die Beschreibung.

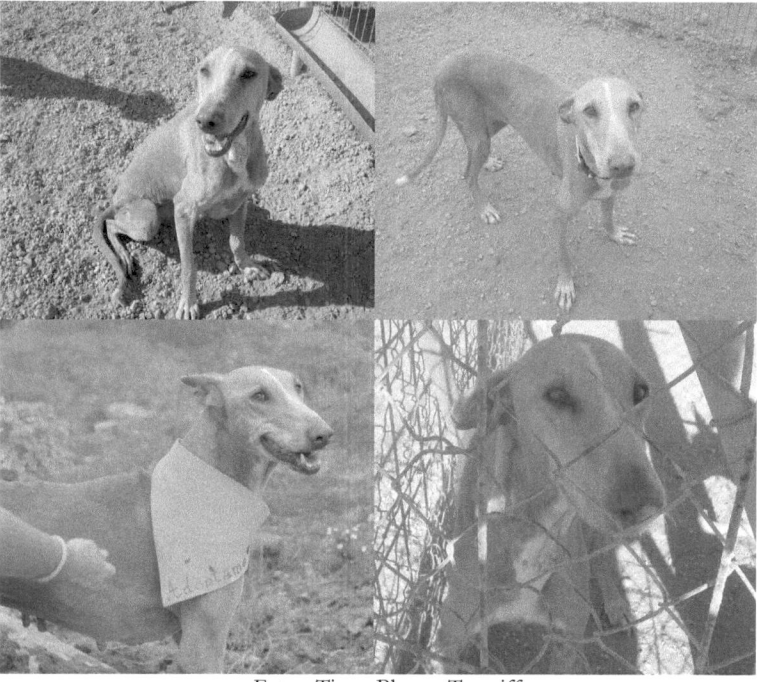

Fotos: Tierra Blanca, Teneriffa
Im Tierheim auf Teneriffa; Foto unten links: gewaschen und startklar für die Reise in die Niederlande

Auf Grund ihrer Kondition und dem Zustand, in dem sie sich befand, als sie gefunden wurde (an vielen Stellen hatte sie sich wundgelegen; ihre Muskeln waren kaum entwickelt), hatte man den Eindruck gewonnen, dass sie entweder in einem kleinen Verschlag oder aber an einer kurzen Kette ihr bisheriges Leben fristen musste. Die stark ausgeprägten Zitzen deuteten auf ein Leben als Zuchthündin hin.

Wegen ihres Alters waren ihre Chancen auf Vermittlung trotz der positiven Charakterbeschreibung recht gering, und Maya war schon seit einem Jahr im Tierheim.

Für dieses „besondere Mädchen" suchte der Verein einen ebensolchen Menschen. Ob ich dieser Mensch war, konnte nur die Zeit uns lehren. Aber ich wollte es versuchen.

Leben in der Bude: Maya hält Einzug

16.00 Uhr. Wir sind pünktlich am Flughafen. Um nichts dem Zufall zu überlassen, hatte ich mir vorher auf dem Plan die Parkplätze angeschaut. Dank des GPS fanden wir diese auch problemlos. Nur stand im Internet leider nicht dabei, dass die maximale Fahrzeughöhe für diese Parkplätze zwei Meter beträgt. Und ich habe einen Kleinbus, der auch noch einen Ventilator auf dem Dach hat. Das konnten wir also knicken.

Ein Schild schien das Problem zu lösen: „Fahrzeuge höher als zwei Meter, den Schildern ‚Langzeit-parken' folgen".

Leider gab es nichts, dem wir hätten folgen können. Denn wo das „Langzeit-parken" sich befand, war ein Geheimnis, das zu lüften der Flughafen anscheinend nicht bereit war.

Eine halbe Stunde und viele Runden um den Flugplatz und dessen Umgebung später, fanden wir endlich einen Parkplatz, außerhalb des Flugplatzes, irgendwo an der Straße. Begeistert waren wir nicht von dieser Lösung, denn wir hatten unsere Hunde im Auto und wollten sie in Ruhe auf dem Parkplatz mit Maya bekanntmachen. Aber wir hatten keine Zeit mehr, noch länger zu suchen.

In der Flughalle angekommen, sahen wir, dass das Flugzeug bereits gelandet war. Aber meist dauert es dann noch eine halbe Stunde, bevor die ersten Fluggäste erscheinen und – wie wir von den anwesenden Ehrenamtlichen des vermittelnden Vereins erfuhren – ein bis zwei Stunden, bevor die Hunde ausgeladen wurden.

Inzwischen rechnete ich aus, wie lange die arme Maya schon in ihrem kleinen Flugkäfig saß und kam, bei einem fünfeinhalb-stündigen Flug von Teneriffa nach Amsterdam, locker auf sieben bis acht Stunden.

Es ging dann doch noch relativ schnell, denn eine gute Stunde nach der Landung kamen die Flugbegleiter mit den Käfigen in die Halle. Es folgte dieser besondere Moment: der erste Blick, den ich auf „meinen" Hund werfen konnte.

Sobald Maya aus dem Käfig war, bekam sie nach einer kurzen Begrüßung sofort das sichere Halsband, Brustgeschirr und doppelte Leinen angelegt. Maya war absolut nicht beeindruckt, schnüffelte fröhlich drauf los und begrüßte alle Umstehenden. Alle reagierten begeistert: »Wie herrlich, sie ist so frei, hat überhaupt keine Angst!«. Ich dagegen fand dieses Verhalten kein so gutes Vorzeichen für das, was mich noch erwarten würde. Denn es ist nur natürlich, dass ein Hund – auch wenn er an sich nicht ängstlich ist – von allem, was er an so einem Tag mitmacht und allen neuen Eindrücken beeindruckt ist.

Als wir die Flughalle verließen, drängte sich mir die Erinnerung auf, wie ich Dunya vor sechzehn Jahren von diesem Flughafen abgeholt hatte: pausenlos mit der Nase am Boden, alles erschnüffeln. Aber Dunya war damals viereinhalb Monate alt, und Maya auf elf Jahre geschätzt. Vom Verhalten her erschien sie mir allerdings wesentlich jünger!

Auf dem Bürgersteig neben dem Auto machten wir unsere Hunde mit Maya bekannt. Das ging erstaunlich gut und ruhig. Nur Mastin Luca konnten wir nicht richtig mit Maya in Kontakt bringen. Wie erwartet, war Luca viel zu ängstlich und wollte nur eins: ganz schnell zurück ins Auto.

Als wir Maya ins Auto hoben (in einen Käfig, von den anderen Hunden getrennt), bellten Luca und Lilly kurz, um kundzutun, dass sie es keine gute Idee fanden, diesen fremden Hund in ihr Auto zu setzen. Aber dabei blieb es.

Die ganze Fahrt, zweieinhalb Stunden, blieb alles ruhig. Auch Maya in ihrem Käfig.

Sie durfte in den Garten und sogar ins Haus; damit hatten meine Hunde keine Probleme. Das ging also wider Erwarten gut, denn die drei sind fremden Hunden gegenüber nicht gerade gastfreundlich. Unterm Tisch saß Kater Krieltje. Maya schnüffelte kurz an ihm, zeigte aber kein großes Interesse, genau wie beim Katzentest in Spanien.

Ende gut, alles gut?

Leider nein, denn danach ging's erst richtig los! Ich ließ Maya erst an der Leine das Wohnzimmer erkunden. Dann habe ich Krieltje aus dem Zimmer gesetzt und Maya frei laufen lassen. Was dann geschah, hatte ich allerdings nicht erwartet. Wie ein Orkan raste sie durchs Zimmer. Ich konnte meine Sachen gar nicht so schnell in Sicherheit bringen, wie Maya überall drauf, drunter und zwischen sprang. Jede Zimmerecke wurde erkundet, und wenn etwas im Weg stand, dann wurde es kurzerhand um- oder runtergeschmissen.

Sie sprang auf Stühle, die Couch, den Tisch. Und wenn sie

irgendwo nicht rauf kam, wie die Anrichte, stellte sie ihre Vorderbeine dagegen.

Die anderen Hunde fanden das alles sehr ermüdend. Ich auch. Wir sind es gewohnt, dass es hier abends ruhig ist. Wenn Maya zu schnell oder zu dicht an Lucas Korb vorbei raste, knurrte Luca eine Warnung. Das Gleiche machte übrigens Toby, ein Hund, der eigentlich durch nichts aus der Ruhe zu bringen ist und sich versteht mit allem, was Füße oder Pfoten hat. Aber was zu viel ist, ist zu viel. Ich muss zugeben, dass ich auch ganz gern geknurrt hätte…

Ich verstehe ja, dass Maya wahrscheinlich noch nie ein Haus von innen gesehen hat; und alles, was „hoch" ist, wie Stühle und Tische, sind für sie wahrscheinlich das Gleiche wie die einzigen Erhöhungen, die sie kennt: die Holzkonstruktionen im Tierheim, die man dort für die Hunde als Liegeplatz aufstellt. Aber trotzdem ist dieses Verhalten nach einigen Stunden ganz schön ermüdend.

Zwischendurch ließ ich Maya immer mal wieder in den Garten, sodass sie sich eventuell lösen konnte. Aber das machte sie lieber im Haus. Der Garten war für sie ein einziges Spielparadies: hopps, auf den Gartentisch, über die Bank und mitten rein in meine Kakteensammlung.

Angenehm ist, dass Maya, obwohl sie natürlich noch nicht erzogen ist, mein scharfes »Nein!« bei Dingen, die wirklich streng verboten sind, sofort verstand.

Inzwischen fing Krieltje im Flur zu miauen an, und von dem Moment an wurde Mayas Rennen auch noch von Winseln begleitet. Ob dieses Verhalten zur normalen Erkundung des Podencos gehört oder doch die fanatische Suche ist nach der Katze, sprich der Beute, muss sich noch zeigen. Ich hoffe Ersteres und befürchte Letzteres.

Schließlich habe ich Krieltje wieder ins Zimmer geholt und

Maya erneut angeleint. Solange Krieltje still saß, schnüffelte Maya. Wenn Krieltje sich bewegte, schaltete sie blitzschnell auf den Jagdmodus um, aufgeregt wedeln, Ohren nach vorn gekippt, winseln, mit den Vorderpfoten schlagen.

Das ging dreieinhalb Stunden so. Abwechselnd Krieltje im Flur und Maya frei, dann wieder Krieltje mit im Zimmer und Maya an der Leine. Beide streicheln. Maya loben, wenn sie ruhig war und ein scharfes »Nein!«, wenn sie wieder auf „Beute" wechselte.

Das Abendessen konnte ich knicken. Ich konnte überhaupt nicht aus dem Zimmer, auch wenn Krieltje im Flur war, weil ich Maya daran hindern musste, alles im Zimmer umzuschmeißen.

Wie jeder neue Hund sollte auch Maya die ersten Nächte in der Küche schlafen, weil ich Neuankömmlinge noch nicht sofort mit den anderen Hunden allein lassen will. Maya teilte diese Auffassung nicht. Sie winselte und kratzte an der Tür. Ich war todmüde und wollte nur eins: endlich schlafen!

Ich fühlte mich wie der Fährmann in der Geschichte, der Wolf, Ziege und Kohlkopf einzeln zum anderen Ufer bringen muss, aber weder den Wolf mit der Ziege noch die Ziege mit dem Kohlkopf zurücklassen kann. Ich konnte Maya nicht allein im Zimmer lassen; die anderen Hunde mit Maya zusammen auch nicht und Maya mit Krieltje schon gar nicht.

Schließlich habe ich die Katze bei den beiden großen Hunden im Wohnzimmer eingeschlossen und bin mit Maya auf den Flur gegangen, wo sie sofort die Treppe hinauflief. Auch gut. Ganz kurz habe ich sie im Gästezimmer eingeschlossen, weil sie dort nichts anstellen konnte – dachte ich – außer sich zu lösen, und das tat sie sowieso schon den ganzen Abend überall im Zimmer.

Rasch lief ich wieder nach unten, brachte Daisy und Lilly, die immer bei mir schlafen, nach oben in mein Schlafzimmer und schloss unten die Türe ab. »Sorry, Krieltje, heute Nacht musst du mal unten bei den Hunden schlafen«.

Danach holte ich Maya wieder aus dem Gästezimmer, wo sie sehr wohl etwas hatte anstellen können. Innerhalb der drei, vier Minuten, die sie dort war, hat sie alle Pflanzen von der – hohen – Fensterbank gemäht; die Pflanzen lagen traurig mit den Wurzeln von sich gestreckt am Boden, der mit Erde übersät war. Und von dem antiken Blumentopf, einem Erbstück meiner Mutter, waren nur noch die Scherben übrig, die auf dem Fußboden verstreut lagen.

Nach der eilig erteilten „ersten Hilfe" für die Pflanzen holte ich Maya in mein Schlafzimmer zu den beiden kleinen Hunden. Tür zu. Schluss für heute.

Und nachdem sie auch dort alles erkundet und sich noch einmal – wo nimmt sie all das Wasser her?! – gelöst hatte, ließ sie sich nach einer halben Stunde auf das weiche Kissen fallen, das ich für sie hingelegt hatte, rollte sich zusammen und schlief endlich ein… nachdem sie das Kissen erst ausführlich und Podenco-typisch „in Form" gekratzt hatte.

Ebenfalls typisch Podenco, fand sie mein Bett schon bald interessanter als ihr Kissen. Darum schlief sie oft in meinem Bett, an meinen Rücken geschmiegt unter der Bettdecke, wobei sie selbstverständlich Dreiviertel des Bettes mit Beschlag belegte.

Ab und zu zog sie auch mitten in der Nacht um und legte sich auf ihr Kissen. Oder umgekehrt: Sie legte sich zum Schlafen auf ihr Kissen, und dann fühlte ich nachts einen schweren Plumps, und die Dame gesellte sich zu mir ins Bett.

Nach einer Woche entschied Maya selbst, unten im Wohnzimmer bei Luca und Toby zu schlafen. Mir war das recht, hatte ich wieder mehr Platz in meinem Bett. Und Krieltje freute sich auch, dass er endlich wieder ins Schlafzimmer durfte.

Zähne putzen

"Hunde, die BARFen, beißen gut...". Anscheinend gibt es nie Probleme mit dem Gebiss, wenn man seine Hunde nach der BARF-Methode (Bones and raw food) füttert. Kein tägliches Zähneputzen, keine gesonderten Kauartikel und keine haushohen Tierarztrechnungen für Gebissbehandlungen.

Meine Hunde bekommen hochwertiges Futter, aber eben fertiges Fabrikfutter. Jedes Mal, wenn die Tierärztin bei der jährlichen Gesundheitskontrolle beim Gebiss anlangt, schaut sie bedenklich drein. Fast immer entdeckt sie Zahnstein oder Zahnbelag, was eine Gebissbehandlung notwendig macht.

Es gibt Hunde, die anscheinend von Natur aus ein gutes Gebiss haben. Flits zum Beispiel ist dreizehn Jahre geworden, ohne dass etwas an seinen Zähnen gemacht werden musste, und er hat auch Trockenfutter bekommen. Auch Toby, inzwischen fast vierzehn Jahre, hat keine nennenswerten Gebissprobleme.

Ein Jahr lang habe ich ein kleines Vermögen für spezielle Kauknochen ausgegeben, die angeblich 90 % des Zahnbelags vorbeugen sollten. Meine Tierärztin hatte sie damals wärmstens empfohlen. Aber im Nachhinein denke ich, dass die Provision, die sie zweifellos vom Fabrikant kassiert hat, dabei eine nicht unerhebliche Rolle gespielt hatte. Denn als sich nach einem Jahr herausstellte, dass die Hunde trotz dieser Superknochen doch wieder Zahnstein hatten, teilte sie mir mit, dass diese Knochen nicht so toll seien, auch viel zu weich und dass sie sowieso nur für die Backenzähne, nicht aber für die Schneide- und Eckzähne helfen würden.

Vielen Dank, Frau Doktor. Vielen Dank, Herr Fabrikant!

Im letzten Monat hatte ich durch Gebissbehandlungen zweier Hunde eine Rechnung, die problemlos die monatliche Hypothek des Hauses meiner Tierärztin abdecken würde; also habe ich doch mal wieder angefangen, die Zähne der Hunde zu putzen. Es geht so leicht, die Tierärztin macht es mir vor: mit dem Finger die Lefze des Hundes nach hinten ziehen und die dadurch sichtbar gewordenen Backenzähne putzen – die Eckzähne sind einfacher, die sieht man gleich.

Das erste Problem sind schon mal meine langen Fingernägel, die meinen Hunden beim Hochziehen der Lefzen weh tun würden, also die sind das erste Opfer, das ich bringen muss.

Daisy, Malteser von noch nicht mal sechs Kilo, hat ein schlechtes Gebiss. Es müsste doch leicht sein, so einen kleinen Hund beim Zähneputzen ruhig zu stellen, nicht? Ist es aber nicht! Sogar zu zweit schaffen wir das nicht. Der kleine, aber umso eigensinnigere und starke Kopf fliegt nach allen Seiten und lässt sich nicht „fixieren". Und die Schnauze ist so klein, dass es auch nicht so einfach ist, dort hinten drin die kleinen Backenzähne zu finden.

Das Problem habe ich bei Luca, der Mastinhündin, nicht. Ich könnte ohne Weiteres meine beiden Hände in ihrer Schnauze unterbringen, wenn's sein müsste. Und sie schlägt auch nicht mit dem Kopf. Sie bleibt ganz ruhig liegen. Was also ist das Problem? Ihre herabhängenden Lefzen.

Endlos wurschtle ich mit meinen Händen in ihrem Fang herum, zwischen den riesigen Falten in ihren Lefzen, um die hintersten Zähne zu finden. Überall scheint Haut zu sein, es ist ein Irrgarten da drinnen.

Die kleine Lilly hat auch ein schlechtes Gebiss. Aber trotz ihrer geschätzten elf Jahre (und gefühlten drei!) ist sie ein Spring ins Feld, der noch keine Minute still sitzen kann, wenn man etwas „bei ihr machen" will. Außerdem hat sie die Neigung zu schnappen, wenn ihr etwas nicht passt. Also fürchte ich, dass ich bei ihr um die jährliche Gebissbehandlung nicht herum komme.

Ich weiß nicht, ob es Zufall ist, aber vielleicht sind Windhunde und Podencos etwas pflegeleichter beim Zähneputzen. Meine Greyhoundhündin Bonita hat es jahrelang problemlos zugelassen, stand still wie eine Statue, bis ich mit dem Putzen fertig war und sie ihr Leckerli in Empfang nehmen durfte.

Und nun hat auch mein neuer Hund, Maya die Podenca, ein schlechtes Gebiss. Nach der Sanierung beim Tierarzt, die noch keine sechs Wochen her ist, hatte sie schon wieder Zahnbelag; laut meiner Tierärztin völlig normal und nur durch tägliches Zähneputzen zu vermeiden.

Und in dem Punkt ähnelt Maya wohl Bonita. Auch sie erlaubt mir, ihre Backenzähne und Eckzähne zu putzen, auch wenn sie davon nicht gerade begeistert ist. Ich bin Rechtshänder, und mit der rechten Gebisshälfte habe ich gewisse Probleme, die sich nur lösen lassen, wenn ich mich beim Putzen hinter Maya stelle. Wenn ich die Zähne putze, während sie in ihrem Korb liegt, ist das also lästig. Aber immer noch leichter als bei Daisy und Luca.

Und nun kann ich nur hoffen, dass all die Mühe nicht vergebens ist und nicht nächstes Jahr wieder allerlei Gebissbehandlungen notwendig sind.

Ein Morgen zum Knicken

Daisy ist zwar ein Malteser, aber ihr Fell ähnelt eher dem eines Pudels. Daher reicht es nicht, das Fell ab und zu zu stutzen, sondern sie muss regelmäßig geschoren werden. Weil sie immer so panisch ist, wenn ich sie im Hundesalon abgebe, wollte ich es mal in einem anderen Hundesalon versuchen. Früher habe ich Daisy immer dort scheren lassen; sie kannte die Friseuse also.

Um neun Uhr hatten wir einen Termin, für meine Verhältnisse also sehr früh. Noch dazu, wenn ich beim Aufmachen der Gardinen sehe, dass das Auto total zugefroren ist. Also ging ich schon um halb neun nach draußen, um die nötigen Vorbereitungen zu treffen. Aber bis zum Auto kam ich erst mal gar nicht; die Riegel der Gartenpforte waren völlig zugefroren, da bewegte sich gar nichts. Also ging ich zurück ins Haus und bewaffnete mich mit allem, was helfen könnte.
Dann das Auto soweit bringen, dass man fahren – und was sehen – kann. Hunde anziehen, los.

Punkt neun war ich im Hundesalon. Daisy war schon beim Hereingehen voll auf Panik, das wurde nicht besser, als wir sie auf den Tisch stellten. Die Friseuse ist sehr nett, hat aber viel weniger Erfahrung als die andere, zu der ich sonst gehe.
Ich hatte mal ausprobiert, ob Daisy weniger panisch ist, wenn ich beim Scheren dabei bleibe; das Gegenteil war jedoch der Fall. Und heute hätte ich sowieso nicht bleiben können, denn ich hatte die Hunde im Auto, und für Maya – Toby hat sich erst gar nicht raus getraut mit der Kälte – ist es zu kalt, lange im Auto zu warten.
Als ich weg ging, fing Daisy an zu heulen…

Spaziergang mit drei Hunden, mal was anderes. Danach erst mal nach Hause, denn ich wollte Maya so schnell wie möglich ins Warme bringen. Ich rief im Hundesalon an, dass ich jetzt eventuell dazu kommen könnte, falls das hilft. Aber das war nicht nötig, es „ging gut". Ich sollte angerufen werden, sobald Daisy fertig ist.

Das Warten dauerte lange, sehr lange... Nach zwei Stunden endlich ein Anruf, Daisy war fertig. Also auf zum Hundesalon.

Ich erschrak, als ich Daisy sah. Das war kein glatt geschorener Hund. Sie sah eher aus wie ein gerupftes Huhn: kleine Haarbüschel lugten wie Federn an Kopf, Rücken, Ohren und Beinen hervor.

Sie hatten zu zweit arbeiten müssen, weil es der Friseuse ohne Hilfe nicht gelungen war, Daisy zu scheren; darum hatte sie jemanden dazu gebeten, der Daisy festhielt.

Dennoch war es ihnen auch gemeinsam nicht gelungen, die Beine mit der Tondeuse zu scheren; die hatte sie also mit der Schere geschnitten; und so sahen sie dann auch aus. Dazu hatte sie Daisy auch noch ins Ohr geschnitten.

Grundsätzlich kann ich mir gut vorstellen, dass es beinahe unmöglich ist, Daisy zu scheren. Mir gelingt es nicht mal mehr, ihre Augen sauberzumachen, weil sie sich im Alter vom Charakter und Verhalten her so verändert hat. Sie ist ein bisschen launisch und ruppig geworden. Aber von einer professionellen Hundefriseuse erwarte ich, dass sie auch mit schwierig zu scherenden Hunden umgehen kann. In dem anderen Hundesalon klappt es schließlich auch, in der Hälfte der Zeit, mit besserem Resultat und sogar noch etwas billiger.

Dann bekam ich auch noch zu hören, dass Daisy ganz viele Flöhe hatte. Na bravo.

Ich hatte schon den Verdacht, dass Maya Flöhe aus Spanien mitgebracht hat, weil Luca und Lilly sich so viel kratzen. Aber da mir versichert wurde, Maya sei gegen Ungeziefer behandelt worden, hatte ich die Möglichkeit ausgeschlossen. Zu Unrecht, wie ich jetzt weiß. Wie das nach Mayas Antiparasitenbehandlung möglich ist, weiß ich nicht. Aber die kleinen springenden schwarzen Tatsachen lassen sich nicht leugnen.

Jetzt habe ich also fünf Hunde, bei denen diese Parasiten (möglicherweise) zu Gast sind. Das bedeutet, dass ich zwei Tage damit beschäftigt sein werde, alle Hunde einschließlich Hundekörbe, Haus und Auto zu behandeln, eine Waschmaschine nach der anderen mit allen Kissen, Decken, meinem eigenen Bettzeug und Sonstigem, was im Hause aus Stoff ist, zu füllen. Und als wenn das nicht schon unangenehm genug ist, kostet mich der ganze Spaß noch mal hundertzwanzig Euro extra.

Obwohl sie viel länger beschäftigt war als geplant und dann noch zu zweit, hat die Friseuse sich an den Preis gehalten, „weil das Resultat nicht so richtig glatt" geworden ist. Sie schlug vor, Daisy das nächste Mal eine leichte Betäubung zu geben.

Das kommt überhaupt nicht in Frage! Das nächste Mal gehe ich wieder in den anderen Hundesalon. Dort ist Daisy zwar auch panisch, aber ich kann sie immer nach einer Stunde wieder abholen, und sie sieht perfekt aus, ein Fell wie Samt.

Maya macht sich selbstständig

Ich bin allein mit Maya auf den Feldern unterwegs, um an der langen Leine den Rückruf zu trainieren. Das geht auch recht gut, bis sie einen Seitenweg einschlägt, während ich geradeaus weiterlaufen will. Plötzlich fühle ich so großes Vertrauen in sie, dass ich die Leine los lasse. Mal schauen, was sie macht.

Habe ich den Verstand verloren? Im Nachhinein besehen, vielleicht. Aber in dem Moment erschien mir das nicht so. Denn im Allgemeinen achtet Maya während unserer Spaziergänge gut auf mich und folgt mir, wenn ich die Richtung wechsle.

Dazu kommt, dass es ja Podencos gibt, die aus sich selbst heraus, also ohne großes Training, in der Nähe ihres Menschen bleiben. Zugegeben, nicht viele. Aber es gibt sie. Und ich denke mir: Vielleicht ist Maya ja so ein Hund, und dann wäre es doch schade, wenn ich ihr erst nach monatelangem Training den Freilauf ermöglichen würde.

Leider... so ein Hund ist Maya nicht, und mein Vertrauen war nicht gerechtfertigt. Aber hinterher ist man ja immer klüger.

Auch wenn ich mich hinter einem Baum verstecke, folgt Maya ihrem eingeschlagenen Weg. Sie denkt nicht mal dran, sich umzuschauen um zu sehen, wo ich bin. Zwar rast sie nicht in voller Fahrt los, wie Dunya es früher tat; sie behält ihr normales Lauftempo bei, aber das ist eben immer noch um einiges höher als meins.

Nach dreißig bis vierzig Metern muss ich einsehen, dass sie nicht zurückkommen wird; ich muss also hinter ihr her.

Der Weg ist schnurgerade und übersichtlich, aber links ist ein Grasstreifen, vom Weg durch eine dichte Hecke getrennt, und daneben liegen Gärten. Und die sind nicht, wie ich es in Erinnerung hatte, eingezäunt, sondern zum Grasstreifen hin offen, sodass Maya auch dort hinein gelangen könnte.

Ich kann Maya nirgends sehen und rufe auf gut Glück ihren Namen. Ich kann ja schlecht in all die Gärten gehen. Also zurück zum Weg, schauen, ob sie dort weitergelaufen ist. Aber das ist auch nicht der Fall.

Auf einmal sehe ich sie wieder auf dem Grasstreifen, sie muss also in einem der Gärten gewesen sein. Sie sieht mich auch, reagiert aber total nicht. Sie hat also offensichtlich nicht das Gefühl, dass sie mich „verloren" hat. Insgesamt ist sie auch nur geschätzte fünf oder zehn Minuten außer Sichtweite gewesen. Aber die Minuten waren eine gefühlte Stunde, ich hatte solche Angst; denn sie hätte auch durch einige der Gärten hindurch und auf der anderen Seite wieder heraus und in die Siedlung laufen können. Und wie hätte ich sie da wiederfinden sollen...

Als ich endlich eine Öffnung in der Hecke finde und zu Maya auf den Grasstreifen kommen kann, läuft sie immer noch vor mir her, aber zum Glück langsam, sodass ich meinen Fuß auf die Leine stellen kann. Erleichterung!

Ohne Übung frei laufen kann sie also auf jeden Fall nicht; das weiß ich jetzt. Ob es nach weiterem gezieltem Training gelingt, wird sich zeigen.

Toby und die Brötchen

Ich lege zwei tiefgefrorene Brötchen auf den Gartentisch, um sie in der Sonne auftauen zu lassen. Ein paar Minuten später gehe ich nach draußen, um sie umzudrehen. Aber der Tisch ist leer. Nein, runtergefallen sind sie nicht, und herunter geweht auch nicht.

Aber neben dem Tisch steht Toby und wedelt sich fast den Schwanz ab, mit der Frage, ob ich noch ein paar tiefgefrorene Brötchen für ihn habe. Für einen Hund, der vorgibt, - altersbedingt - nicht mehr selbst ins Auto springen zu können, ist es doch toll, dass er sich auf seine Hinterbeine stellen und somit den Gartentisch erreichen kann!

Wo ein Wille ist, ist also anscheinend auch Kraft in den Hinterbeinen.

Typisch Podenco!

»Endlich hat mein Mensch mal einen anständigen Fressnapf hingestellt…« muss Maya sich gesagt haben, als sie sich aus dem großen Vorratbehälter bediente, den ich mit Trockenfutter aufgefüllt, aber noch nicht wieder geschlossen hatte.

Demselben Futter übrigens, vor dem die Dame die Nase rümpft, wenn ich es ohne die Zugabe von Dosenfutter in ihren eigenen Futternapf gebe.

Und als ich die Einkaufstaschen in der Küche abstellte, ging sie sofort mit dem ganzen Kopf rein, um nachzuschauen, ob vielleicht was Leckeres drin war. Das hat, außer Dunya, noch nie einer meiner Hunde gemacht.

Was für ein typischer Podenco ist sie dann! Herrlich!

Nun ja, zumindest im Haus. Draußen dürfte sie, was mich betrifft, gern etwas weniger „Podenco" sein…

Auf einem Spaziergang, bei dem ich Maya an der langen Leine hatte, passierte nämlich ein Missgeschick. Ich hatte die Leine gerade in der falschen Hand, sodass sie hinter mir war; und genau in dem Moment fing Maya zu rennen an. Mein »Nein!« blieb ungehört, und Maya zog mich mit sich. Ich drehte mich um die eigene Achse, fiel und landete in einer matschigen Pfütze. Es tat ziemlich weh, und ich sah aus wie ein Schlammmonster.

Zum Glück habe ich mir nichts gebrochen, aber ich habe mir die Hand verstaucht. Sie ist dick und tut weh, und ich muss sie eine Weile schonen.

Maya ist übrigens ziemlich erschrocken, als ich fiel und kam sofort zu mir zurückgelaufen. Schade, dass sie das nicht früher, vor meinem Fall, getan hat.

Wie kommt ein Podenco aus einem abgeschlossenen Garten?

Erster Versuch:

Mein Garten wird von einem hohen Holzzaun begrenzt. Davor ist ein schmaler Streifen Erde, und dahinter – also außerhalb des Gartens – habe ich einen Holzwall angelegt, wo Kleintiere im Winter Unterschlupf finden.

Maya hat dort vor einigen Tagen anscheinend jemanden entdeckt, vielleicht einen Igel; jedenfalls rennt sie seitdem immer an dem Zaun entlang, schnüffelt und gräbt den Erdstreifen um, wobei sie auch gleich den lästigen Maschendraht unterm Zaun weg kratzt. Na ja, soweit so gut. Raus kann sie nicht, dachte ich, und so ist sie schön beschäftigt.

Nach dem Spaziergang wollte sie im Garten bleiben. Ich habe inzwischen das Essen für die Hunde zubereitet. Als ich nach einer Viertelstunde in den Garten ging, um sie zu rufen, war sie weg.

Erst dachte ich: Das kann nicht sein. Dunya war ein richtiger Houdini und kam nicht aus dem Garten. Also habe ich noch mal hinter allen Sträuchern und Büschen nachgesehen. Keine Maya.

Ich war gerade dabei, meine Jacke anzuziehen, um sie draußen zu suchen, da sah ich einen Schatten an der Vordertür. Tatsächlich, da stand meine Podenca. Ohren auf Halbmast, und wedelte ein bisschen. Sie erschien recht froh, mich zu sehen. Und ich erst!

Ich habe alles inspiziert, kein Loch im Zaun. Und die Löcher, die sie gegraben hat, sind viel zu klein zum Durchkriechen, selbst für einen Podenco. Die Gartenpforte war verschlossen und abgeschlossen. Ob sie über den Zaun geklettert ist? Er ist zwar sehr hoch, aber es gibt ja Podencos, die wie Katzen klettern. Es blieb ein Rätsel.

Später bin ich zusammen mit Maya in den Garten gegangen, bewaffnet mit einer Kamera, um die undichte Stelle zu finden - und Maya bei ihrem Ausbruch zu filmen. Ich dachte, dass sie ihre Aktion vielleicht wiederholen würde und ich damit wüsste, welche Stellen im Garten ich anpassen muss. Den Gefallen hat sie mir leider nicht getan. Sie blieb brav im Garten und begnügte sich damit, den Zaun entlang zu schnüffeln.

Zweiter Versuch:

Am nächsten Tag will Maya nach draußen, und da sie die letzten Male nicht abgehauen ist, lasse ich sie gehen. Nach einer Viertelstunde schaue ich nach. Weg!

Hinter dem Garten ist sie nicht, ich habe zu Fuß und im Auto die Gegend abgesucht. Sie blieb spurlos verschwunden.

Ein Nachbar sah sie dann hier in der Nähe. Kurz darauf liefen vier Nachbarn herum und lockten Maya, aber sie ließ sich nicht greifen. Inzwischen war sie schon wieder ein gutes Stück weitergelaufen, aber als ich sie rief, kam sie mir freudig wedelnd entgegen.

Sie war absolut nicht verstört, und ich habe auch nicht den Eindruck, dass sie sich verlaufen hatte. Auf dem Weg nach Hause (an der Leine!) hat sie ausgiebig geschnüffelt. Es hat ihr schlicht und einfach Spaß gemacht; sie hat ihr Abenteuer sichtlich genossen.

Dieses Mal hat ihr Ausflug ganze anderthalb Stunden gedauert.

Man sagt ja, dass ein Hund erst nach circa sechs Wochen im neuen Zuhause seine „wahre Art" zeigt. Nun, wenn dies Mayas „wahre Art" ist, kann ich mich auf einiges gefasst machen. Den Freilauf kann ich auch vergessen, wo sie anscheinend so abenteuerlich eingestellt ist.

Natürlich bin ich erleichtert, dass ihr nichts passiert ist. Aber ich bin auch etwas enttäuscht. Als ich einen alten Hund aufnahm, auch wenn es ein Podenco ist, hatte ich mir schon etwas anderes vorgestellt.

Jetzt ist das Problem, dass Maya auf den Geschmack gekommen ist. Stunde um Stunde will sie im Garten bleiben, sogar bei Regen, rennt unermüdlich winselnd den Zaun entlang und nimmt den Geruch der „Beute" auf der anderen Seite des Zauns in sich auf.

Nehme ich sie mit rein, hört sie mit dem Winseln nicht auf, weil sie wieder raus will. Und nach zwei erfolgreichen Ausbrüchen traue ich mich nicht, sie allein in den Garten zu lassen.

Meine Seniorin stellt meine Geduld ganz schön auf die Probe.

Am nächsten Tag entdeckt Tom des Rätsels Lösung. Wenn man fest genug gegen die Latten des geflochtenen Zauns drückt, geben sie etwas nach... stellt sich jetzt heraus. Ich habe das noch nie ausprobiert und all die Hunde, die ich im Laufe der Jahre hatte – einschließlich Podenco – ebenso wenig. Aber Maya *hat* es ausprobiert und mit Erfolg!

Wahrscheinlich hat sie zufällig mit den Vorderpfoten dagegen gedrückt und gemerkt, dass die Latten sich wegdrücken ließen. Das so entstandene Loch zu vergrößern und sich hindurch zu quetschen, ist natürlich für einen Podenco ein Kinderspiel.

Da die Latten danach zurückfedern, ist es nicht so verwunderlich, dass ich kein Loch im Zaun entdecken konnte.

In Erwartung einer anderen Lösung haben wir diese Stelle im Zaun jetzt erst mal provisorisch mit Brettern zu genagelt.

Dritter Versuch:

Es ist wieder soweit. Maya ist zehn Minuten allein im Garten und wieder weg. Wir hatten die Stelle, wo sie ausgebrochen war, zwar mit Brettern gesichert, aber nun stellt sich heraus, dass sie im Zaun daneben auch wieder einige Latten gelöst hat.

Gerade als ich zur Tür heraus wollte, um sie zu suchen, schellte ein Nachbar und teilte mir mit, dass und wo er Maya gesehen hat. Prima, da habe ich wenigstens einen Anhaltspunkt, wo ich suchen muss. Ich laufe eine Stunde durchs Viertel, werde ab und zu von Anwohnern angesprochen, die Maya da und dort gesehen haben.

Nach dem letzten Bericht müsste Maya wieder in meiner Straße sein, lässt sich aber von niemandem greifen.

Hoffnungsvoll biege ich um die Ecke, aber leider sehe ich keine Maya vor dem Haus. Mit schwerem Herzen betrete ich meinen Garten... und werde von einer freudig wedelnd auf mich los stürmenden Maya begrüßt.

Ich sehe, dass jetzt noch mehr Latten lose sind als vorher, als ich den Ausbruch entdeckte. Sie hat also von außen noch etwas daran „gearbeitet", um wieder in den Garten zu gelangen. Wenigstens das ist ein gutes Zeichen: Sie wollte wieder nach Hause.

Mein Garten besteht mehr oder weniger aus zwei Teilen, dem rückwärtigen und dem seitlich gelegenen Garten. Und der seitlich gelegene Garten ist es, aus dem Maya ständig ausbricht. Es gibt nur einen Ausweg: Ich muss alle Zäune in dem Teil des Gartens erneuern.

Aber das dauert seine Zeit. Für die Zwischenzeit kaufen wir sofort am nächsten Tag Folie, circa anderthalb Meter breit, die wir entlang der Unterseite des Zaunes nieten. Zur Sicherheit legen wir unten auch noch Steine über die gesamte Länge der Folie.

Damit ist der seitliche Garten zwar einigermaßen ausbruchssicher, aber theoretisch kann Maya immer noch oberhalb der Folie die Latten auseinander biegen. Ich denke, dass ihr das nicht gelingen wird, denn dann müsste sie ja anderthalb

Meter hoch springen und gleichzeitig die Latten auseinander biegen und sich dort hindurch quetschen. Trotzdem habe ich nicht wirklich Ruhe, wenn sie allein draußen ist, zumal der seitlich gelegene Gartenteil vom Haus aus nicht einsehbar ist.

Maya ist gar nicht begeistert von unserer Aktion und rennt den halben Abend winselnd den jetzt unzugänglichen Zaun entlang. Wenn ich sie ins Haus hole, fiepst sie weiter, weil sie wieder nach draußen will.

Zwischen dem rückwärtigen und dem seitlichen Garten ist ein schmaler Durchgang, der auf der einen Seite vom Haus und auf der anderen Seite von einem Gartenhäuschen begrenzt wird.

Wir bringen in diesem Durchgang ein Babygitter an. So kann ich Maya im rückwärtigen Garten halten, bis die neuen Zäune fertig sind. Von da aus ist sie bisher nicht ausgebrochen, der Holzzaun besteht aus massiven Brettern. Und der größte Teil dieses Gartenstückes ist auch vom Haus einsehbar.

Das einzige Problem bleibt ein kleiner Holzzaun auf der Veranda des Gartenhäuschens, der sich an diesen Durchgang anschließt. Er dient eigentlich mehr zur Zierde, ist vielleicht sechzig Zentimeter hoch. Aber davor stellen wir zwei Gartenstühle, mit den Rückenlehnen nach vorn.

Maya darf wieder in den Garten.

Vierter Versuch:

Eine Weile sehe ich Maya vom Haus aus im Garten hin und herlaufen. Und als ich sie circa zehn Minuten nicht sehe, muss sie wohl doch in den seitlich gelegenen Garten gekommen sein.

Stimmt. Ich hole sie zurück und gehe noch mal gemeinsam mit ihr und meiner Kamera in den Garten.

Obwohl das Babygitter nicht wirklich hoch ist, springt sie da nicht drüber. Aber sie steigt in einen Pflanzkübel neben der Veranda, quetscht sich zwischen den zwei Stühlen durch und springt auf den Sitz. Von da aus über das Zäunchen des Gartenhauses ist es kaum ein Sprung, eher ein Schritt für die langen Podencobeine.

Fünfter Versuch:

Plan B oder C kommt in Aktion, ich weiß schon nicht mehr, der wievielte Versuch es ist. Die Stühle vor dem Zaun des Gartenhauses ersetze ich durch zwei Mülltonnen. Nun kann sie wirklich nicht mehr raus. Oder?
Inzwischen erledige ich den Abwasch und sehe sie ab und zu im rückwärtigen Garten. Und dann nicht mehr…
Als ich nachsehen ging, stand sie tatsächlich wieder im seitlichen Garten.
Durch die etwas überstehenden Ränder kann man die Mülltonnen nicht ganz dicht nebeneinander stellen, außerdem laufen sie nach unten etwas schmaler zu. Und durch die schmale Lücke muss Maya sich gequetscht und dann den bereits eingeübten „Schritt" über den Zaun gemacht haben.
Sie sieht ziemlich unglücklich aus, wie sie da so allein im Garten steht. Anscheinend konnte sie nicht mehr selbst zurück, denn von der anderen Seite aus war es wohl schwer, sich durch die Lücke zu quetschen; nun war der Zaun doch ziemlich im Weg. Als sie mich sah, kam sie freudig auf mich zu und ließ sich nur zu gern das Babygitter von mir öffnen.
Morgen werde ich die Lücke zwischen den Mülltonnen mit einem Brett zu machen. Nächster Schritt: Über das Babygitter drüber springen? Wir werden es sehen.

Sechster Versuch:

Die Mülltonnen stehen auf der Veranda des Gartenhauses für mich nicht gerade praktisch, abgesehen von der Tatsache, dass es nicht sehr ansprechend ausschaut. Also bringt Tom Maschendraht oberhalb des Zäunchens beim Gartenhaus an. Leider nicht bis ganz oben. Aber vielleicht, denken wir, reicht das ja.

Nein, es reicht nicht. Maya hat den Maschendraht einfach runter gedrückt und kann also wieder in den seitlichen Garten kommen, wo sie sich inzwischen schon wieder seit gut zwei Stunden amüsiert. Ab und zu schaue ich nach, dann steht sie da und fiepst, weil sie nicht selbst zurück kann. Nehme ich sie mit ins Haus, fiepst sie mir die Ohren voll, bis ich sie wieder raus lasse.

Also so hatte ich mir das ja nicht vorgestellt. Anstatt sich nach ihrer traurigen Vergangenheit über ein eigenes Zuhause und einen schönen warmen Schlafplatz zu freuen, will sie nur ein Ding: weg!

Endlich, nach beinahe drei Stunden, sehe ich sie vorm Fenster stehen. Sie schaut herein, Ohren ein bisschen nach hinten geklappt. Tja, und dann schmelze ich doch wieder dahin, und mein Ärger und meine Enttäuschung sind (fast) verflogen.

Sie gesellt sich kurz zu mir für ein paar Streicheleinheiten und legt sich dann in ihren Korb. Ich decke sie zu, und sie steckt ihre kalte Nase unter die Wolldecke.

Ein Seufzer der Erleichterung. Von uns beiden in diesem Fall.

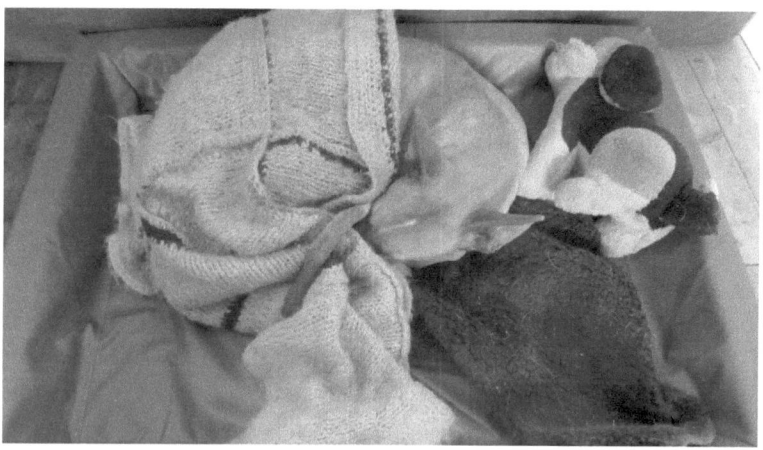

Siebter – und letzter! – Versuch:

Ich schließe das Loch oberhalb des Zaunes beim Gartenhaus bis oben hin, mit durchsichtiger Plastikfolie. Von außen schraube ich noch einige Latten gegen die Folie (um dem Wind weniger Angriffsfläche zu bieten und um hoffentlich zu vermeiden, dass Maya die Folie von innen weg drückt) und niete die Folie an den Latten fest. Nachdem Maya diese neue Konstruktion begutachtet und als zu schwierig eingestuft hat, tut sie, was ich eigentlich schon viel eher erwartet habe: Sie springt über das Babygitter. Wir werden das Gitter also mit Stangen und Maschendraht erhöhen müssen.

Vorläufig, für heute Abend, wird improvisiert: Ich stelle die zwei Mülltonnen vor das Babygitter und ein Klettergerüst für Pflanzen vor den schmalen Streifen dazwischen. Durch Maya bekommen die Mülltonnen eine gänzlich neue Funktion und praktisch täglich einen neuen Stellplatz. Eine Art „mobile Einheit"…

Sie steht jetzt schon nach einer Stunde winselnd vor der Hintertür. Nachdem ich ihr schon einige Male die Gelegenheit geboten hatte, hereinzukommen, lasse ich sie nun ein paar Minuten warten, bevor ich die Tür öffne.

Ich begrüße sie fröhlich, sie bekommt noch ein Leckerchen, und ich schmuse mit ihr – vielleicht wird das Reinkommen dadurch interessanter? – und ich decke sie in ihrem Korb zu, in der Hoffnung auf einen ruhigen Abend.

Am nächsten Tag nehme ich das Babygitter in Angriff. Mit Stangen und Maschendraht wird es höher gemacht, und am oberen Rand des Maschendrahtes bringen wir auch noch Bretter an, sodass sie ihn nicht herunterdrücken kann.

Unnötig zu sagen, dass Maya diese Aktion total blöd und überflüssig findet. Missmutig steht sie vor dem Babygitter und schaut in den seitlichen Garten hinüber. Das Gras auf der anderen Seite erscheint halt immer grüner...

Und dann kommt der neue Holzzaun. Ein Großteil davon besteht aus Brettern, die lückenlos aneinander anschließen und damit ein Klettern unmöglich machen. Auseinanderbiegen kann Maya sie auch nicht. Um das Ganze optisch und auch praktisch etwas luftiger zu gestalten (sodass der Wind hindurch kann), wird der Bretterzaun an zwei Stellen mit einer Konstruktion aus offenen Latten unterbrochen; aber die Rückseite versehen wir mit feingliedrigem Maschendraht, und auf den Boden legen wir noch Steine über die gesamte Länge.

Maya sieht etwas hinter dem Holzzaun und zieht an den Latten, während sie mit der anderen Pfote gegen den Maschendraht drückt. Wie schlau kann ein Hund sein?! Auf mein »Nein!« reagiert sie aber sofort. Dann probiert sie etwas anderes aus, vielleicht darf sie das ja? Die Steine am Boden von dem Maschendraht weg kratzen. Nein, auch das ist nicht erlaubt.

Jetzt, wo der Garten nur noch wenig Möglichkeiten für Mayas Kreativität bietet, richtet sie ihre Aufmerksamkeit auf den Schuppen. Er hat zwei Türen, eine führt vom Garten in den Schuppen, und die andere vom Schuppen auf das Gelände hinter meinem Garten. Ah, zwischen der Tür und und dem Türrahmen ist eine große Lücke, da kann man ja vielleicht durch?

Nachdem Maya versucht hat, ob man die Lücke mit den Pfoten vergrößern kann, haben wir auch diese Stelle in Angriff genommen und mit einem zusätzlichen Haken gesichert.

Das alles hat zur Folge, dass mein Garten sehr ordentlich wird ...

Nie mehr Freilauf?

Es ist Mitte Februar, kalt, aber sonnig. Darum entschließe ich mich, mit den Hunden zur Heide zu fahren. Ich will Maya dort an der Schleppleine laufen lassen. Die letzten vier Tage hatte ich das an verschiedenen Stellen gemacht, und es ist immer gutgegangen.

Der Weg zur Heide führt über einen breiten Sandweg. Daneben liegt ein Wald, an den sich Felder anschließen. An dieser Stelle ist auch eine Pferdekoppel, wo Maya anfangs immer sehr aufgeregt wurde und an der Leine zog, um auf die Koppel zu kommen. Jetzt läuft sie an ihrer Schleppleine ganz entspannt dran vorbei. Tolle Leistung!

Maya läuft recht weit voraus, aber ich rufe und pfeife zweimal, und beide Male kommt sie rasend schnell zu mir zurückgerannt, gemeinsam mit den anderen Hunden. Natürlich wird sie ausgiebig gelobt und mit Leckerchen belohnt.

Plötzlich verlässt sie den Weg und läuft durch einen ausgetrockneten Graben zwischen dem Wald und den Feldern. Am Ende bleibt sie stehen und schaut sich um. Ich rufe sie, aber sie kommt nicht, sondern schlägt den schmalen Pfad entlang der Felder ein.

Ich versuche, hinter ihr herzulaufen, aber den Acker entlang komme ich nicht schnell vorwärts und kann sie nicht mehr einholen. Auf mein Rufen reagiert sie nicht.

Mit den anderen Hunden laufe ich meine Runde über die Heide, auch an dem bewussten Acker gehen wir noch einige Male vorbei, aber Maya ist nirgends zu sehen. Opa Toby fängt an zu hinken, wir sind bereits eine Stunde unterwegs. Und durch meine Arthrose machen sich meine Knie und Hüfte auch auf unangenehme Weise bemerkbar. Also zurück zum Auto.

Ich bringe die alten Herrschaften Toby und Daisy nach Hause und fahre wieder zurück, mit Luca und Lilly. Ich will noch mal an den Feldern entlang laufen, schauen, wo die hinführen und ob Maya sich vielleicht irgendwo mit der langen Schleppleine verheddert hat.

Als ich gerade unterwegs bin, ruft mich der Tiernotdienst an. Sie stehen mit Maya bei einem Hotel außerhalb des Dorfes. Maya geht es gut, wird mir sofort versichert, und »Was für ein reizender Hund!« (Das sagten die Leute, die Dunya früher nach ihren diversen Abenteuern nach Hause brachten, auch immer…)

Zwei Mädchen hatten mit ihren Fahrrädern am Straßenrand gestanden und gesehen, wie Maya plötzlich aus dem Wald geschossen kam und geradewegs auf die Straße rannte, in Richtung Hotelparkplatz. Das Hotel ist zwar nur etwa fünfzig Meter Luftlinie von der Heide entfernt, von dieser jedoch durch eine recht verkehrsreiche Straße getrennt. Ein Auto hatte gerade noch bremsen können, als Maya die Straße überquerte.

Die Mädchen hatten die Leine aufgenommen und die Plakette gesehen, die Maya an ihrem Geschirr trug, auf der die Telefonnummer der NDG (Niederländische Datenbank für Gesellschaftstiere) stand. Dort hatte man ihnen geraten, den Tiernotdienst anzurufen.

Der kam dann auch, sah außer der Plakette zum Glück noch die Adressenhülse mit meiner Telefonnummer und rief mich sofort auf meinem Handy an.

Als ich bei dem Hotel ankomme, sehe ich sechs Leute um Maya herum stehen. Sie reagiert absolut nicht auf mich, ich hätte ebenso gut eine Fremde sein können. An ihrer Haltung sehe ich, dass sie von der Situation beeindruckt ist, vielleicht auch ein bisschen verwirrt.

Nach zwei Stunden kann ich endlich mit Maya nach Hause.

Maya ist also anscheinend die ganze Zeit auf der Heide gewesen. Wenn ich dort geblieben wäre, anstelle sie bei den Feldern zu suchen, hätte ich sie vielleicht gesehen. Aber so was weiß man ja vorher nicht, sie hätte genauso gut zum Auto zurücklaufen können, nach Hause oder zu der Stelle, an der sie abgehauen war. Bei Dunya wusste ich, wohin sie lief, wenn sie mich verloren hatte – zumindest meistens – aber Mayas Reaktion kann ich noch nicht einschätzen.

Jetzt sind meine Gefühle eher zwiespältig. Natürlich bin ich auch dieses Mal froh und erleichtert, dass Maya nichts passiert ist. Aber ich ärgere mich auch darüber, dass sie abgehauen ist, nachdem es tagelang mit der Schleppleine so gut ging.

Sie hat jetzt ein Leben wie Gott in Frankreich und will trotzdem immer noch mehr und mehr. Wir haben hier in den Niederlanden ein Sprichwort: Wer das Unterste aus der Kanne will, kriegt den Deckel auf die Nase.

Nur dass in diesem Fall Maya das Unterste aus der Kanne will; den Deckel kriegt aber nicht sie auf die Nase, sondern ich.

Vermenschlichung? Ja, absolut. Aber auch ich bin nur ein Mensch mit ganz normalen menschlichen Gefühlen, die manchmal in schrillem Kontrast mit meinen Kenntnissen über Hunde stehen.

Darf ich doch, oder?

Aber wie soll es jetzt weitergehen? Ich will absolut keine Wiederholung der Situation, wie ich sie bis zu ihrem dreizehnten Lebensjahr mit Dunya hatte: bei jedem Freilauf stundenlanges Warten auf meinen Podenco.

Nie mehr Freilauf? - Das bringe ich doch nicht fertig.

Vorläufig keinen Freilauf mehr? - Vielleicht.

Abwarten, ob sie etwas aus der heutigen Erfahrung gelernt

hat? - Eher unwahrscheinlich, aber ich könnte es ja ausprobieren ... wenn ich den Mut dazu habe.

Maya und das Spielzeug

Von meinem Futterlieferanten bekomme ich regelmäßig kleine Geschenke, meist Hundespielzeug. Meine Hunde spielen aber alle nicht, zumindest nicht mit Spielzeug. Das einzige Spiel, das sie kennen, ist hintereinander her zu rennen, und das machen vor allem Luca und Lilly. Mit einem Futterball oder Kong habe ich bei einigen der Hunde einen gewissen Erfolg; schließlich hat das mit Fressen zu tun, und da lohnt sich wenigstens die Mühe.

Was das „richtige" Spielzeug betrifft, hoffte ich nun, dass ich vielleicht meinen Neuzugang Maya dafür begeistern könnte. Apportieren vielleicht oder ein lustiges Ziehspiel?

Was das Ziehtau betrifft, nahm sie mir sofort die Hoffnung. Sie weigerte sich sogar, das Teil auch nur in die Schnauze zu nehmen, geschweige denn, mit mir daran zu ziehen. Aber jetzt bekam ich einen Squeaker-dummy, ein Phantasietier mit großen Ohren, einem langen Schwanz aus Kunstpelz und eben besagtem Quietscherle drin.

Ich zeigte Maya das Spielzeug, ließ es quietschen, und sie zeigte tatsächlich etwas Interesse – bis sie sah oder roch, dass es nur „nachgemacht" war. Von dem Moment an war das Teil nicht mehr interessant.

Wie ich in vielen Hundebüchern gelesen habe, machte ich mich jetzt selbst daran, mit dem Quietscherle zu spielen, warf es in die Luft und fing es wieder auf, tat so, als habe ich großen Spaß daran. Angeblich soll der Hund damit gut zu motivieren sein, wenn er sieht, wie viel Spaß sein Mensch mit dem Spielzeug hat.

Der Hund vielleicht; Maya nicht. Ihr einziger Kommentar war: »Ich befürchte es schon seit langem, aber jetzt habe ich Gewissheit: mein Mensch ist voll durchgeknallt!«.

Maya als Archäologin

Gestern fing Maya an der Schleppleine wieder an zu rennen. Weil sie mich dabei beim letzten Mal zu Fall gebracht hatte, ließ ich die Leine los und rief gleichzeitig: »Maya, nein!« Erfreulicherweise fand sie auch gleich die Bremse und kam zu mir zurückgerannt. Super natürlich!

Heute passierte das Gleiche, aber nur der erste Teil, das Loslassen der Leine und das Rufen. Die Bremse funktionierte dieses Mal leider nicht, und Maya rannte weiter... und weiter... und weiter. Wenn sie wirklich elf oder zwölf Jahre alt ist, hat sie ein Bombentempo drauf!

Ich hoffte, dass sie zu "ihrer Ausgrabung" rennen würde, und das tat sie zum Glück auch. Am Feldrand hatte sie schon vor Tagen mit einer Ausgrabung begonnen, die sie bei jedem Spaziergang an dieser Stelle vertiefte. Auch heute schoss sie dort hin.

Und als ich mit Opa Toby an der Leine (was mein doch schon nicht sagenhaftes Lauftempo noch mehr drosselte) endlich dort ankam, war Maya noch mit dem Graben beschäftigt, und ich konnte die Schleppleine greifen.

Puh, wieder ein paar graue Haare mehr. Steht mir aber gut...

Hunde kontra Pflanzen

Ich liebe meine Hunde, aber ich mag auch meine Pflanzen, und diese Kombination bringt manchmal Probleme mit sich.

In ihren jungen Jahren hatte Dunya dafür gesorgt, dass ich kaum noch Pflanzen im Garten hatte; und damit hatte ich mich abgefunden. Aber später legte sich ihre Zerstörungswut, und nach und nach kamen immer mehr Pflanzen in meinen Garten.

Jetzt ist Dunya nicht mehr bei mir, und die Hunde, die ich jetzt habe, stellen keine Bedrohung für die Gartenflora dar, zumindest bis vor kurzem. Darum habe ich die letzten Jahre so richtig aus dem Vollen geschöpft, pflanzlich gesprochen. Insgesamt habe ich jetzt hundertdreißig Töpfe und Schalen in meinem Garten stehen, und ich verbringe viel Zeit damit, alles gut in Schuss zu halten.

Die Hunde helfen mir dabei, aber nicht so, dass ich Gefallen daran finden könnte.

Es ist Mitte April. Mitte April bedeutet Frühjahr, und Frühjahr bedeutet, dass die Geranien, die ich liebevoll überwintert habe, wieder raus dürfen. Es geht doch nichts über ein frisches Geraniumblatt, findet Luca. Sie weiß, dass sie die Pflanzen nicht anfressen darf, kann aber der Versuchung nicht widerstehen. Leider ist sie dabei so gierig, dass sie die kleinen Ableger, die ich gerade vereinzelt habe, ganz aus dem Topf zieht. Die großen Pflanzen haben mehr „Body" und Gewicht, sodass ihnen nach Lucas Snack zwar ein paar Blätter fehlen, aber sie bleiben zumindest im Topf stehen.

Lilly liebt die Erde, nicht um darin zu graben, wie man es ja von einem Hund erwarten könnte, sondern zum Fressen. Vor allem wenn ich gerade neu gepflanzt oder mit der Jätschuffel gearbeitet habe und die Erde schön locker ist, findet sie es toll, kleine Erdklumpen herauszufischen und zu fressen. Luca macht das inzwischen auch, nur dass sie dabei auch ab und zu ein Blatt oder einen Stängel mitnimmt. Sie hat ja auch eine größere Schnauze...

Früher gebrauchte ich getrockneten Kuhmist als Dünger, das war praktisch und leicht zu verteilen. Aber seitdem ich Lilly habe, muss ich mühsam Gießkanne um Gießkanne mit flüssigem Pflanzendünger durch den Garten schleppen und über meine hundertdreißig Blumentöpfe verteilen, da Kuhmist eine Delikatesse für Lilly darstellt. Ja, auch wenn ich den Dünger in die Erde einarbeite – denn auch das habe ich versucht –, führt das lediglich dazu, dass Lilly nicht nur den Dünger frisst, sondern auch noch die ganze Erde umwühlt!

Toby ist ein Fall für sich. Er frisst keine Pflanzen, benutzt aber strauchartige Gewächse für seine „Meditation", wie ich das nenne. Er läuft im Zeitlupentempo zu so einer Pflanze hin, steckt den Kopf zwischen die Blätter und... bleibt minutenlang stehen.

Ich bin nie dahinter gekommen, warum er das macht, was es ihm bedeutet. Es sieht sehr seltsam aus, beschädigt aber wenigstens die Pflanzen nicht.

Leider ist Toby ein Knochenverstecker. Spare in der Zeit, dann hast du in der Not. Wenn ich also Kaustangen verteile, läuft Toby damit in den Garten und kommt kurz darauf ohne Kaustange zurück. Einige Tage später kommt er dann stolz mit seiner Kaustange aus dem Garten ins Haus und weckt damit den Neid der anderen Hunde, die ihre Stange natürlich schon vor Tagen gefressen haben.

Ich wusste nie, wo er die Kaustangen versteckt. Er konnte sie eigentlich nicht vergraben, denn mein gesamter Garten ist gepflastert, und außer in den Hochbeeten, Pflanzschalen und

Blumentöpfen habe ich keine Beete und also auch keine für ihn erreichbare Erde mehr im Garten.

Vor ein paar Tagen kam ich zufällig hinter Tobys geheimes Versteck: Ich sah, wie er zwischen und unter den Kissen seines Hundekorbes suchte, der überdacht im Garten steht. Aha, das ist also Tobys Schatzkiste!

Leider ist das aber nicht sein einziges Versteck. Er setzt auch seine Vorderbeine in große Blumentöpfe und Pflanzschalen und begräbt dort seine Knochen. Das finde ich nicht so gut, denn bei dem Umwühlen der Erde achtet er nicht auf eventuelle Pflanzen, die ihm unter die Pfoten kommen. Und dann finde ich wieder kleine Ableger, die mit ihren geknickten dünnen Stängelchen auf dem Boden liegen…

Die größte Bedrohung für meine Pflanzen stellt allerdings Maya dar. Sie wohnt erst ein halbes Jahr bei mir, sie kam also sozusagen „nach dem Garten". Der war schon eingerichtet, als sie kam, und ich hatte von dieser Seniorin nicht mehr so viel destruktive Energie erwartet.

Maya hat vor Wochen eine Maus hinter einer der Pflanzschalen entdeckt und geht seitdem täglich auf „Mäusejagd", sobald die Dämmerung einfällt. Die Maus ist längst in eine sichere Umgebung umgezogen, aber Maya sucht sie weiterhin.

Manchmal bleibe ich eine Weile dabei, aber wenn es zu kalt wird, sitze ich doch lieber drinnen und schaue nur ab und zu nach, was sie gerade wieder anstellt.

Manchmal hat sie dann in den Blumentöpfen gegraben, und ich finde die Erde über die Terrasse verteilt, und die armen Pflanzen liegen hilflos mit ihren Beinen – pardon: Wurzeln – in der Luft. Ein anderes Mal hat sie die Latten eines Klettergerüstes zerstört und – natürlich – auch im dazu gehörigen Blumenkasten die Erde umgegraben. Auf der Suche nach „ihrer" Maus hat sie sogar einen großen Pflanzentrog aus Holz verschoben, der so schwer ist, dass ich ihn kaum von der Stelle kriege.

Manchmal reicht ihr das Umgraben der Erde anscheinend nicht; dann springt sie mit allen Vieren in die großen Pflanzkübel. Und trotz des Maschendrahtes, den ich drüber gespannt habe, und anderer Versuche, die Pflanzkübel für Maya unzugänglich zu machen, findet sie immer wieder einen Weg, hinein zu springen... und die Pflanzen, die dort wachsen, kaputt zu trampeln.

Sie springt sogar, als einzige meiner Hunde, in die Hochbeete.

Die meisten Pflanzen sind recht stark – wer bei mir Pflanze sein will, muss was aushalten – aber auch die stärkste Pflanze hat ihre Grenzen. Vor kurzem habe ich wieder mal Pflanzen „gerettet", völlig vertrocknete kleine Pflänzchen, die beim Supermarkt vor sich hin vegetierten und am Abend auf dem Müll gelandet wären, denn noch einen Tag hättet sie nicht überlebt.

Stolz komme ich mit meiner Beute nach Hause, und bevor ich mich der Versorgung der Hunde zuwende, tauche ich meine Schätze erst mal anständig unter Wasser, und wenn die Erde sich voll gesaugt hat und keine Luftbläschen mehr kommen, pflanze ich sie aus. Unter anderem in die großen Holzkästen, in die Maya manchmal springt.

Die schmalen Katzenpfoten eines Podencos werden die Pflanzen sicher überleben. Aber jetzt hat auch Luca den Holzkasten entdeckt – ja, Dinge, die Spaß machen, übernehmen meine Hunde gern voneinander. Und Mastinpfoten sind ein anderes Kaliber als Podencopfoten. Einige meiner mühsam geretteten Pflänzchen haben diesen massiven Angriff dann auch nicht überlebt. Platt getreten hauchten sie ihren letzten Pflanzenatem aus. Zum Glück habe ich diese Pflanzen auch an anderen Stellen eingepflanzt, wo die Hunde nicht dran kommen. Und diese Pflanzen wachsen und gedeihen wunderbar und danken mir meine Rettungsaktion mit reichlicher Blüte.

In einem anderen Holzkasten habe ich eine Clematis stehen (für Nicht-Gärtner: eine Kletterpflanze). Jeden Tag schaue ich sie mir an und freue mich, wie sie wächst und stets mehr Blätter bekommt und sogar die ersten schüchternen Knospen zeigt. Bis ich eines Tages entdecken musste, dass der dünne Stiel, den die Clematis nun mal hat, knapp über der Erde durchgebissen war. Und ein Teil der Pflanze lag kaputt und zertrampelt auf der Erde. Maya!

Aber auch die Clematis ist stark, und nach einer Woche sah ich, dass sie schon wieder anfing auszutreiben. Wunderbar! Wieder schaute ich jeden Tag nach, inzwischen war sie schon fünfzehn Zentimeter hoch.

Am nächsten Tag war die Clematis weg! Ich fand buchstäblich überhaupt nichts mehr von der ganzen Pflanze, kein Blatt, kein Stückchen Stängel, nichts. Maya oder Toby? Keine Ahnung, aber ich fürchtete, dass dies nun doch das definitive Ende dieser Kletterpflanze bedeutete.

Bis ich gestern doch wieder etwas tapferes Grünes aus der Erde lugen sah. Ob sie es denn doch noch schafft? An mir soll es nicht liegen, ich habe sofort den ganzen Topf mit Gitterwerk abgedeckt in der Hoffnung, dass die Hunde jetzt wirklich nicht mehr dran können und die Clematis die Chance bekommt, mein Frühjahr mit ihren wunderschönen Blumen zu färben.

Jetzt habe ich wieder etwas Neues entdeckt: Neben einer Pflanze, die ich gerade gekauft hatte, lagen abgefressene Blätter. Ich habe zwar Schnecken im Garten, aber das waren keine Schnecken, es sei denn, sie hätten sich mit Hunderten gleichzeitig auf die Pflanze gestürzt.

Heute Morgen, als die Hunde kurz im Garten waren, fand ich die eine Seite meiner Hosta, die mitten im Garten prunkt oder besser gesagt: *prunkte*, vollständig kahl. Neben dem Topf lagen Berge von abgerissenen Blättern.

Noch weiß ich nicht, wer das angestellt hat, aber ich tippe mal auf Maya. Und jetzt wo sie dieses nette Spiel entdeckt hat, fürchte ich, dass noch mehr Pflanzen das Opfer ihrer Zerstörungswut werden.

So genießt jeder auf seine Weise all das frische Grün im Garten. Aber ich finde es doch sehr schade, dass meine liebevolle Pflege der Pflanzen so sabotiert wird.

Mayas erster Kurzurlaub

Wir fahren zwei Wochen in Urlaub, und weil es manchmal etwas lästig ist mit fünf Hunden, haben wir für Maya und Toby einen Hundesitter zuhause, der sie zehn Tage hüten wird. Die Wahl, welche Hunde zuhause bleiben sollten, war nicht schwer, weil ich Luca wegen ihrer Angst sowieso mitnehmen muss, und die beiden Kleinen hängen so sehr an mir, dass ich ihnen das nicht antun kann. Von Toby weiß ich, dass es ihm gut gefällt, mit seinem vertrauten Hundesitter zuhause zu bleiben; von Maya weiß ich das zwar noch nicht, aber bisher habe ich keine besondere Anhänglichkeit an mich feststellen können – und das ist noch vorsichtig ausgedrückt.

Die letzten vier Tage holen wir die Hunde noch zu uns, und sie verbringen den Resturlaub gemeinsam mit uns im Ferienhaus; gleich eine gute Möglichkeit auszuprobieren, ob Maya problemlos mit in Urlaub kann.

Nun, problemlos nicht...

Die erste Enttäuschung muss ich bereits verarbeiten, als Maya mich nach zehn Tagen wiedersieht und absolut nicht auf mich reagiert. Kein Wedler, keine Freude, absolut nichts. Wie gesagt: keine Anhänglichkeit!

Mit Toby verläuft alles problemlos. Er ist schon öfter mitgewesen, und obwohl er zuhause nie frei laufen kann, weil er seiner Nase folgt, klappt das hier im Urlaub immer; toll für ihn und auch für uns!

Maya stellt sich, wie erwartet, als weniger pflegeleicht heraus. Im Ferienhaus selbst gibt es keine Probleme. Sie genießt die Fußbodenheizung, einen Luxus, den wir zuhause leider nicht haben, und schläft viel.

Der Garten ist allerdings etwas anderes. Neu, interessant! Maya schnüffelt nach Herzenslust darin herum. Obwohl er stellenweise einen recht niedrigen Zaun hat, lassen wir Maya erst einmal frei im Garten laufen – woher kommt bloß dieser Optimismus, obwohl wir doch schon sechzehn Jahre Erfahrung mit einem Podenco haben?

Es dauert dann auch nicht lange, bis Maya im Nachbargarten steht, und kurz darauf ist sie ganz verschwunden. Tom sucht im Ferienpark nach meiner abenteuerlustigen Seniorin, aber schon nach zehn Minuten kommt sie selbst wieder Richtung Ferienhaus.

Ich hatte mir zuhause bereits überlegt, dass für Maya wahrscheinlich Anpassungen notwendig sein würden, um sie im Garten zu halten, und darum schon etwas vorbereitet und mit in den Urlaub genommen: Am Ende einer langen Leine habe ich ein Stück Holz befestigt. Wenn sie jetzt über den Zaun springt, kann sie das tun, ohne sich zu verletzen, aber das Holz bleibt am Zaun hängen – hatte ich mir ausgedacht -, sodass Maya nicht weglaufen kann.

Meine Idee, dass das Holz am Zaun hängen bleiben würde, ist wahrscheinlich richtig. Aber es bleibt leider auch an allerlei Baumwurzeln hängen, wenn Maya ganz normal durch den Garten läuft. Das Stück Holz machen wir also wieder von der Leine los, und wenn Maya in den Garten will, muss einer von uns mitgehen und sie an die lange Leine nehmen.

An einem Strand in der Nähe des Ferienparks lasse ich Maya zum ersten Mal ganz von der Leine, weil ich Angst habe, dass sie sich mit der Schleppleine im Gebüsch verheddert, falls sie abhauen sollte. Es geht erstaunlich gut. Maya kommt meist, wenn ich sie rufe; ab und zu müssen wir sie aus dem Gebüsch holen, aber sie ist nie außer Sichtweite.

Am nächsten Tag an demselben Strand siegt leider die Abenteurerin über den „folgsamen Podenco", und Maya haut ab. Wir wollen nicht hinter ihr her laufen, das würde sie nur als tolles neues Spiel betrachten. Also laufen wir weiter über den Strand.

Nach einer Stunde ist noch immer keine Maya zu sehen, auch beim Auto nicht.

Ich gehe einen schmalen Weg entlang, der vom Strand weg in ein Wäldchen führt, und frage zwei Spaziergänger, ob sie Maya gesehen haben Nein, leider nicht. Wir drehen uns um... und da läuft Maya zwischen den beiden Hunden der Spaziergänger. Die Leute waren genauso erstaunt wie ich, sie hatten Maya nicht gesehen, denn Maya war „aus dem Nichts" aufgetaucht, auf einmal war sie da. »Diesen Hund meine ich...«, sage ich und leine Maya an.

Auch jetzt wieder zeigt Maya keinerlei Freude, mich zu sehen, im Gegenteil, sie reagiert gar nicht auf mich; ich könnte ebenso gut eine völlig Fremde sein. Sie schnüffelt noch ein bisschen herum und folgt mir dann uninteressiert. Ich habe den Eindruck, dass sie genauso gern mit den anderen Menschen mitgegangen wäre.

Den Rest dieses Mini-Urlaubs bleibt Maya an der langen Leine. Der nächste Urlaub ist im August, und dann wird Maya die gesamten drei Wochen mit uns verbringen. Ich hoffe, dass sie bis dahin etwas mehr „mein Hund" geworden ist.

Garten tabu

Die Steinplatten auf meiner Terrasse sollten eine neue Beschichtung bekommen, und nachdem der Termin wegen Regen zwei Mal verschoben werden musste – wir leben schließlich in den Niederlanden – hat es heute Morgen endlich geklappt.

Die Behandlung hat zur Folge, dass die Terrasse vierundzwanzig Stunden nicht betreten werden darf. Ich habe die nötigen Probleme und Anpassungen in der Hunderoutine erwartet, und zu Recht, wie sich schon bald zeigen sollte.

Es fing schon mit dem Morgenspaziergang an. Wir gehen immer durch den Garten zum Auto. Jetzt musste ich durch die

Haustür, denn der Zugang zum Garten führt über die Terrasse. Aber wie sollte ich die ängstliche Luca zur Haustür hinaus bekommen?

Ich lief mit Daisy, Lilly und Maya zum Auto und ließ die Haustür offen stehen. Toby schlief noch tief und fest, also kein Problem. Tatsächlich sah ich plötzlich einen weißen Schatten ins Auto schießen: Luca. Eigentlich traut sie sich nicht zur Haustür hinaus, aber allein zuhause zu bleiben, erscheint ihr wohl noch bedrohlicher.

Zurück ins Haus, um Toby abzuholen.

Wo ist Toby? Nicht im Haus!

Anscheinend ist er plötzlich aufgewacht, hat gesehen, dass die Haustür offen stand und hat sich selbstständig gemacht. Zum Glück war er nicht weit weg; ich konnte ihn anleinen und ins Auto setzen. Die erste Hürde hatte ich genommen.

Als wir vom Spaziergang zurückkamen, mussten die Hunde natürlich wieder durch die Haustür herein, aber das ging ganz gut. Nachdem ich die Hunde versorgt hatte, machte ich mein eigenes Mittagessen fertig. Ich hatte gerade mein Brot auf den Tisch gestellt, als Daisy raus musste.

Mein Garten kann, seitdem Maya bei mir wohnt, durch ein Babygitter in zwei Hälften geteilt werden, so konnte ich also von der Straße her mit Daisy den vorderen Teil des Gartens erreichen, in dem nicht die „verbotene" Terrasse lag.

Als ich wieder ins Haus kam, war mein Brot weg. Toby hatte die Gelegenheit genutzt, denn ich sah noch, wie er sich die Schnauze leckte. Er ist so alt, dass er nicht mehr selbst ins Auto springen kann, aber er schafft es noch prima, sich mit den Vorderbeinen auf den Rand seines Korbes zu stellen und von da aus den Stuhl zu erreichen, sodass er mit der Schnauze auf den Tisch kommen kann.

Ich saß kaum zehn Minuten an meiner Mahlzeit, als Maya zu winseln anfing. Das macht sie zwar immer, wenn sie ohne besonderen Grund in den Garten will, aber da sie zurzeit Durchfall hat – was ich auf unangenehme Weise entdeckte, als ich heute Morgen ihr Winseln ignorierte – bin ich doch recht motiviert, sie nach draußen zu lassen.

Also Maya anleinen – erst mein Brot in Sicherheit bringen – und nach draußen. Dieses Mal hatte sie aber anscheinend keinen besonderen Grund, in den Garten zu wollen, denn sie machte nichts.

Maya kann über das Babygitter springen (seit ich die neuen Holzzäune habe, sind die Stangen und der Maschendraht entfernt worden, mit dem ich das Babygitter zeitweise „aufgestockt" hatte) und könnte so also doch noch die Terrasse mit ihren Pfoten schmücken, wenn ich sie allein im Garten ließe. Darum legte ich sie an einer langen Leine im Garten fest.

Jetzt konnte ich in Ruhe eine Viertelstunde lang essen.

So ganz in Ruhe doch nicht, denn es stehen ja Pflanzschalen und Töpfe im Garten. Was wenn Maya sich mit ihrer Leine darin verheddert? Also schau ich doch mal lieber kurz nach. Tatsächlich hat sie sich völlig verheddert, ist aber noch in der Lage, mit der Schnauze die Stecklinge zu erreichen, die ich vor einigen Tagen liebevoll ausgepflanzt habe. Und anscheinend findet sie das frische junge Grün sehr appetitlich.

Maya freut sich, mich zu sehen, und will gern wieder mit ins Haus.

Einmal drinnen, geht das Winseln aber sofort wieder los. Also wiederholt die Szene sich, und natürlich bin ich zwischendurch auch mit Daisy draußen gewesen.

Und dass Luca jedes Mal panisch anfängt zu bellen, wenn ich mit einem der Hunde zur Haustür herausgehe, weil sie Angst hat, dass ich ohne sie weggehen könnte, macht die ganze Sache auch nicht entspannter.

Ich frage mich, was ich in den noch kommenden dreiundzwanzig Stunden noch alles zu erwarten habe, besonders wenn ich daran denke, dass jeder Hund abends einige Male in den Garten will, um sich zu lösen, Maya es gewohnt ist, abends ein oder zwei Stunden im Garten rumzuwuseln, Daisy, die demenzkrank ist, abends an die zehn Mal raus will und der alte Kater Krieltje zwar meistens im Haus bleibt, aber sofort nach draußen will – und das auch lautstark bekannt gibt – sobald er merkt, dass er nicht nach draußen kann.

Eine Stunde später:
Ich habe nochmal bei Maya im Garten nachgeschaut und erschrak: Sie hatte ihre Leine drei Mal um die schwere Betonsäule meines Vogeltrinkbeckens gewickelt und sie mehr als einen Meter weiter geschleppt. Ich hätte nie gedacht, dass sie so stark ist. Und außer dass sie sich jetzt nicht mehr bewegen konnte und traurig vor sich hin winselte, war es auch gefährlich, denn das Vogeltrinkbecken steht lose auf der Säule. Ich darf gar nicht dran denken, was hätte passieren können, wenn es herunter und auf Mayas Pfoten gefallen wäre.
Im Haus fängt sie natürlich sofort wieder mit dem Winseln an, was in Heulen übergeht. Das wird mir jetzt wirklich zu viel. Ich lade sie ins Auto und bringe sie zu Tom, wo sie in Haus und Garten frei laufen kann.

Heute Nacht dürfen Maya und Toby bei Tom schlafen. Ihre Körbe nehme ich mit, und es geht alles prima. Toby ist erst etwas unruhig, lässt sich dann aber in seinem Korb nieder. Maya liegt abwechselnd in ihrem Korb und auf der Couch. Nachts bleibt die Hintertüre offen, sodass die Hunde in den Garten können.
Für mich fühlt es sich recht seltsam an. Zwei große Hundekörbe fehlen – ganz zu schweigen von den Hunden – und

mein Zimmer sieht plötzlich so groß und leer aus. Aber jetzt brauche ich lediglich Daisy noch einige Male nach draußen zu lassen, sodass ich ein bisschen zur Ruhe kommen kann.

Morgen früh brauche ich nur noch einmal mit allen Hunden durch die Haustür zu gehen, und dann dürfen sie wieder in den Garten. Bin ich froh!

Zweite Wahl?

Maya scheint ein Männerhund zu sein, was nach meiner Erfahrung eher selten ist bei Podencos. Oft haben sie Angst vor Männern und fühlen sich eher zu Frauen hingezogen. Bei Maya ist das anders. Gehe ich gemeinsam mit Tom und den Hunden spazieren, hat Maya fast nur Augen für ihn. Sogar wenn *ich* sie rufe, rennt sie zu *Tom* hin.

Wenn wir beim Spaziergang Menschen begegnen, läuft sie regelmäßig mit ihnen mit und gibt mir damit das unangenehme Gefühl, zweite Wahl zu sein. Auffällig oft sind es Männer, denen sie hinterher läuft.

Auf einem übersichtlichen Gelände übe ich immer den Rückruf, und das klappt recht gut. Gerade habe ich anstelle von Rufen mit dem Einsatz der Hundepfeife begonnen. Leider begegnen wir dort fast täglich einem Mann mit Hund, und ab dem ersten Tag geht Maya „bei Fuß" neben diesem Mann und himmelt ihn an. Der Hund ist ein langhaariger Jagdhund, keine Ahnung, welche Rasse; ich kenne mich da nicht so aus. Jedenfalls kann ich immer beobachten, wie er, wenn er über die Felder rast, beim ersten Pfiff neben seinem „Herrn" steht.

Und ausgerechnet zu diesem Mann rennt Maya hin und ignoriert mich völlig. Was ich mühsam mit Hundepfeife und

Wurst aufzubauen versuche, kriegt er einfach geschenkt. Das wurmt mich total. Wie heute Morgen.

Die Hunde haben zusammen gespielt, danach kommt Maya brav zu mir und sitzt sogar vor. Das hat auf diesem Spaziergang schon ein paar Mal so gut geklappt (bevor der Mann mit seinem Hund auftauchte!); ich habe sie dann belohnt und sie wieder laufen lassen. Dieses Mal leine ich sie aber an, weil wir schon beinahe wieder beim Auto sind.

Dann geht jeder seines Weges. Leider reißt Maya mir die Leine aus der Hand, sie will noch eine Runde drehen. Und als sie damit fertig ist, kommt sie nicht etwa zu mir zurück, aber nein, sie heftet sich an die Fersen ihres Idols.

Vier Hunde kommen mit mir Richtung Auto – wenigstens etwas.

Der Mann bleibt stehen, deutet zu mir, versucht Maya zu mir zu schicken. Aber sie macht keine Anstalten. Ich komme mir so was von blöd vor, wie ich da stehe als Mayas Mensch, der ich doch eigentlich sein sollte, und sie will nichts von mir wissen.

Nach einigem Hin und Her kommt sie dann missmutig in meine Richtung gelatscht (»Warum können Hunde sich nicht ihren Menschen aussuchen? Dann säße ich jetzt nicht bei dieser Tussi!«)

Liebe und Anhänglichkeit kann man nicht erzwingen, Bindung auch nicht. Aber Liebe geht auch bei Hunden oft durch den Magen. So werde ich meine Bestechungsversuche fortsetzen; denn „die Tussi" ist nun mal Mayas Mensch, ob ihr das nun passt oder nicht. Der vermittelnde Verein weiß das; ich weiß das; nun muss ich nur noch dafür sorgen, dass auch Maya das weiß... und solange keine anderen Menschen in der Nähe sind, klappt das doch schon ganz gut.

Abschied von Daisy

Am Freitagmorgen, dem 5. Juni 2015, ist Daisy für immer eingeschlafen.

Was kann man über so einen wunderbaren Hund sagen? Die Erinnerungen wirbeln durch meinen Kopf.

Im August 2000 hatte ich Daisy von einer Bekannten geschenkt bekommen. Sie ist der einzige Hund, den ich schon mit acht Wochen bekam. Nie vergesse ich den Moment, in dem ich sie das erste Mal sah, im Auto meiner Freundin auf dem Beifahrersitz: ein kleines weißes Wollknäuel mit drei schwarzen Punkten: Augen und Nase.

Und seit dem Tag sind wir praktisch immer zusammen gewesen, Tag und Nacht. Wo ich war, war Daisy. Und das nahm sie sehr ernst. Wir waren einmal bei meiner Mutter, um verschiedene Sachen abzuholen, die auf dem Speicher standen. Es ging also einige Male drei Treppen herauf und wieder herunter. Und Daisy mit ihren kurzen Beinchen lief jedes Mal alle Treppen mit uns mit.

Wenn Tom und ich uns fragten, ob wir „die Hunde" mitnehmen sollten, dann war es selbstverständlich, dass wir Daisy damit nicht meinten. Denn es stand außer Frage, dass sie mitkam; Daisy ging immer überall mit hin.

Das war auch überhaupt kein Problem, denn es war ihr egal, wohin es ging, Hauptsache, sie war dabei. Wenn wir zu jemandem zu Besuch gingen, benahm sie sich genauso gut wie im Urlaub, im Restaurant, im Zug, in der Einkaufsstraße.

Sie schlief in meinem Zimmer, im Winter gemütlich an mich gekuschelt unter dem Deckbett, im Sommer, wenn ihr das zu warm war, in einem eigenen Körbchen – aber neben meinem Bett.

In der Hundeschule war sie der Topper, denn sie lernte gern und schnell. Ich habe die ersten Jahre viele Kurse mit ihr besucht, wobei Daisy oft als „Vorzeigehund" diente. Wir wurden als tolles Mensch-Hund-Gespann gelobt, und beim Examen schnitt Daisy meist als Beste ab. Die anderen Kursteilnehmer nannten sie „Hund mit Fernbedienung", weil sie die Übungen so perfekt absolvierte. Auch Agility machte ihr viel Spaß.

Eine Leine brauchte ich selten. Daisy war fröhlich, lieb und anhänglich. Sie genoss die Spaziergänge in der Natur, blieb immer in meiner Nähe und hatte Freude daran, zwischendurch einige Übungen zu absolvieren.

Obwohl Daisy und ich eine so enge Beziehung hatten und sie viele Jahre bei mir war, habe ich wenig Geschichten über sie geschrieben. Gerade weil es mit ihr kaum Probleme gab, sie nie weg lief, keine Streiche ausheckte oder ungehorsam war.

Eine seltsame Angewohnheit hatte sie allerdings: Als Welpe hat sie nicht nur von den vier Hunden gelernt, die ich damals hatte, sondern auch von den Katzen, die mein Haus bevölkerten. So hat sie sich angewöhnt, mit ihrer Zunge eine Vorderpfote anzufeuchten und damit über ihr Gesicht zu reiben. Sie „wusch" sich wie eine Katze. Ich habe das noch nie bei einem anderen Hund gesehen.

Im letzten Jahr – Daisy war inzwischen vierzehn Jahre alt – änderte sich ihr Verhalten. Sie wollte immer noch in meiner Nähe sein, aber schmusen, auf dem Schoß liegen und im Bett schlafen wollte sie nicht mehr. Manchmal schnappte sie sogar nach mir.

Nachts war sie oft unsauber, und auch tagsüber „vergaß" sie regelmäßig, nach draußen zu gehen. Und sie wurde demenzkrank. Oft erschien sie verloren in ihrer eigenen Welt, und auch bei den Spaziergängen „verlor" sie uns ab und zu, und ich musste mehr auf sie achtgeben als früher. Die letzten Monate war sie wegen ihrer Demenz oft unruhig, vor allem abends, ein Verhalten, das ich ja schon von Dunya kannte.

Eine andere Folge der Demenz war die Entwicklung von stereotypem Verhalten, wie das Lecken des Bodens oder ihres Körbchens, was sie so lange machte, bis ich sie aus ihrer eigenen Welt wieder zurück in die Realität holte. Auch konnte sie lange Zeit im Zimmer stehen und vor sich hin starren, ohne auf etwas zu reagieren.

Auf den Spaziergängen blieb sie manchmal zurück, und ich kaufte einen Buggy, um Daisy mitnehmen zu können, wenn sie später vielleicht noch mehr Probleme mit dem Laufen bekommen sollte.

Im September 2014 wurde Niereninsuffizienz diagnostiziert. Mit Diätfutter ging es Daisy aber immer noch gut. Bis zur letzten Woche.

Montag wollte sie gar nichts fressen, auch die nächsten Tage aß sie wenig. Aber sie ging mit spazieren, rannte und spielte auch noch kurz. Auch ihre „verrückten fünf Minuten", wie ich es nannte, behielt sie bei. Das Spiel hatte sie die letzten Jahre entwickelt und spielte es mit Begeisterung zusammen mit Luca. Luca machte dann einen Spielbogen, was ihren Kopf auf gleiche Höhe mit Daisy brachte, und Daisy schlug mit ihren kleinen Pfoten auf Lucas Kopf und sprang um sie herum. Das machten sie auf den Spaziergängen und auch zuhause.

Donnerstagnacht wurde sie unruhig, wollte stets in den Garten, wo sie stundenlang scheinbar ziellos umher lief. Es gelang mir nicht, sie zu beruhigen oder irgendetwas zu tun, wodurch sie sich besser fühlen würde. Schließlich legte sie sich im Haus hin und schlief ein. Ich setzte mich neben sie auf den Boden; vielleicht fühlte sie ja trotz allem meine Anwesenheit.

Kurz darauf fiel sie ins Koma. Ich setzte mich mit meinem kleinen Mädchen aufs Sofa, streichelte sie, sprach zu ihr.

Eine Stunde später ist sie ganz langsam und ruhig dieser Welt entglitten, mit ihrem Frauchen neben sich. Ihr kleines Herz hörte auf zu schlagen.

Am 22. Juni wäre Daisy fünfzehn Jahre geworden.

Daisy, ein kleiner Hund, der eine unglaublich große Leere hinterlässt, in meinem Haus und in meinem Herzen.

Sie hat jetzt ihre Ruhe gefunden.

Urlaub

Es ist so weit. August. Drei Wochen Sommerurlaub. Toby bleibt mit Kater Krieltje mit seiner großen Freundin, unserem Hundesitter, zuhause; und Luca, Maya und Lilly fahren mit. Es fällt mir nicht leicht, der erste Urlaub seit fünfzehn Jahren ohne Daisy. Aber die Hunde helfen mir, indem sie für Ablenkung sorgen.

Die Reise dauert lange, sehr lange, obwohl wir lediglich nach Norddeutschland fahren. Neuneinviertel Stunden, um genau zu sein. Bei Hamburg kommen wir in einen Stau und entschließen uns, die Autobahn zu verlassen und auf Bundesstraßen weiterzufahren. Das hat zusätzlich den Vorteil, dass wir leichter anhalten und kurz mit den Hunden spazieren gehen können.

Maya benimmt sich grundsätzlich nicht schlecht auf der Reise, aber jedes Mal, wenn wir anhalten, fängt sie an zu winseln. Und das ist oft der Fall, seit wir die Autobahn verlassen haben, durch viele Ortschaften kommen und dort vor den Ampeln halten müssen. Im Großen und Ganzen ist es also nicht die entspannte Art zu reisen, die wir eigentlich vor Augen hatten.

Als wir endlich im Ferienhaus ankommen, beginnen wir wie immer damit, das Wohnzimmer für die Hunde einzurichten. Darin haben wir inzwischen eine gewisse Routine: Teppiche aufrollen, die diversen kleinen Läufer zusammenfalten, die Fußmatten im ganzen Haus zusammensuchen und alles in ein anderes Zimmer legen, in das die Hunde nicht kommen. Decken über die Sofas legen. Okay, jetzt können die Hunde hereinkommen.

Für Luca und Lilly ist dies schon der vierte Urlaub in diesem Haus; sie haben sich also schnell eingewöhnt. Luca lässt sich zufrieden in ihren Korb fallen, während Lilly ihre Bekanntschaft mit dem Garten erneuert.

Auch für Maya ist der Garten interessant, aber vorläufig darf sie ihn nur an der langen Leine untersuchen; denn es müssen noch einige Vorkehrungen getroffen werden. An zwei Stellen ist der Garten lediglich mit schlappem Maschendraht abgegrenzt, darum haben wir Schere, Tau, Folie, Heringe und Bindedraht mitgenommen.

Das stellt sich auch als notwendig heraus, denn an einer Stelle befindet sich auch im übrigen Zaun ein großes Loch, das ich glücklicherweise vor Maya entdecke. In sechzehn Jahren Zusammenleben mit einem Podenco lernt man so was.

Ansonsten ist auch Maya entspannt und legt sich in ihren Korb, obwohl der jetzt an einer anderen Stelle steht als zuhause, in einem anderen Haus – und sogar in einem anderen Land. Das macht ihr alles nichts aus. Wunderbar!

Die ersten Tage bleibt der Garten für Maya ein großer Abenteuerpark, genau wie mein Garten zuhause, als sie gerade erst eingezogen war. Stundenlang läuft sie am Zaun entlang, schnüffelt hier und schnüffelt dort. Es sieht für mich nicht danach aus, dass sie eine Schwachstelle zum Abhauen sucht, denn sie fummelt nicht am Maschendraht herum, und ich sehe sie auch nicht Maß nehmen um festzustellen, ob sie über den Zaun springen oder klettern könnte. Das ist ja schon mal positiv.

Ihren Wachdienst nimmt Luca auch im Urlaub ernst. Einmal höre ich sie im Garten bellen. Es ist ein Bellen, das »Komm schnell her, das ist ganz und gar nicht in Ordnung hier!« ausdrückt.

Als ich in den Garten komme, sehe ich gerade noch einen Mann durch den Garten laufen und durch die Gartenpforte verschwinden. Ich kenne ihn nicht und weiß nicht, ob er in guter Absicht kam. Aber ich bezweifle es, denn dann hätte er wohl an der Haustür geklingelt.

Einmal werde ich mitten in der Nacht von einem Gewitter aufgeschreckt. Luca hat Angst vor Gewitter und sonstigem Knallen und sucht dann zuhause immer bei mir Schutz. Also warum nicht auch im Urlaub? Sie kommt, vor Stress hechelnd, in mein Schlafzimmer und springt ungeniert auf mein Bett. Dort bleibt sie liegen, bis das Gewitter vorüber ist. Gut, dass ich im Urlaub immer mein eigenes Bettzeug mitnehme...

Mit dem Wetter haben wir ausgesprochenes Glück dieses Jahr; manchmal ist es sogar etwas zu heiß. Darum müssen die Hunde immer mit, wenn wir uns auf einer Terrasse niederlassen oder durch einen Ort laufen.

In Terrassencafés bekommen die Hunde regelmäßig Komplimente, weil sie so brav bei uns liegen. Ich lasse das dann mal so stehen und kläre die Leute nicht darüber auf, dass das vorbildliche Verhalten der Hunde auch teilweise an der Hitze liegt und daran, dass sie hier mehr laufen als zuhause...

Wie besuchen auch größere Städte wie Wismar und Schwerin, und ich bin durchaus stolz auf meine drei Rabauken. Für Maya ist es ja das erste Mal, dass sie mit in eine Stadt geht – wir wohnen in einem Dorf – aber ihr macht das überhaupt nichts aus. Sogar über einen ziemlich überfüllten Markt läuft sie, ohne mit der Wimper zu zucken, und schnüffelt fröhlich um sich herum.

Für Luca sind Städte ihrer Angst wegen ja nicht so ideal, aber sie steckt unsere Stadtbesuche doch ganz gut weg. Genau wie im letzten Jahr suchen wir danach meist einen Park auf, wo sie den aufgebauten Stress wieder loswerden kann.

Wegen der teilweise fast tropischen Temperaturen suchen wir für die Hunde so oft wie möglich Wasser auf. Obwohl wir mitten in einem Seengebiet sind, ist das allerdings gar nicht so einfach. Die meisten Seen sind für Hunde verboten, andere liegen dermaßen im Wald versteckt, dass man sie nicht erreichen kann, weil kein begehbarer Weg dorthin führt.

Es gibt zwar einen kleinen Hundestrand in der Nähe, aber dort sind naturgemäß auch viele andere Hunde, und das ist für Luca und Lilly nicht so gut, die sich ja bekanntlich nicht durch gutes Sozialverhalten auszeichnen.

Aber wer suchet, der findet. Es gelingt uns stets aufs Neue, irgendwo ein Fleckchen zu finden, wo die Hunde kurz ins Wasser können. Es sind alles keine Schwimmer, und so reicht ein kleines Stück Ufer, von dem aus sie ins Wasser können, um die Pfoten zu kühlen und ein wenig zu planschen.

Zum ersten Mal, seit Maya bei mir wohnt, geht sie ins Wasser. Zwar nur kurz und auch nur, weil sie auf dem Boden etwas Interessantes entdeckt hat, das sie erschnüffeln will, aber immerhin...

Und Luca überrascht uns, indem sie in einem Park, den wir zum ersten Mal besuchen, sofort in den Teich taucht und eine Runde schwimmt!

Maya bleibt den ganzen Urlaub bei den Spaziergängen an der (langen) Leine. Ich traue mich noch nicht, sie in der fremden Umgebung frei laufen zu lassen. Vielleicht nächstes Jahr?

Maya – Pipo

Maya hat von uns den Kosenamen Pipo bekommen. Nicht von Pipo dem Clown, einer Berühmtheit des niederländischen Kinderfernsehens – obwohl Maya durchaus manchmal den Clown raus hängen lässt – sondern wegen ihres Winselns (Niederländisch Winseln = Piepen).

Sie tat das schon seit geraumer Zeit, wenn sie aufgeregt war. Das war – und ist noch immer – der Fall, wenn an der Haustür geklingelt wird. Meist ist es nur der Postbote mit einem Päckchen, denn ich bekomme wenig Besuch. Aber dennoch freut Maya sich immer und erwartet anscheinend etwas ganz Tolles. Wenn dann wirklich mal Besuch kommt, ist sie völlig aus dem Häuschen und spielt den Clown.

Aber irgendwann fing sie damit an, bei immer mehr Gelegenheiten zu winseln, vor allem wenn wir unterwegs waren. Angefangen hat es im Urlaub. Erst winselte sie nur, wenn wir auf der Fahrt anhielten. Aber im Laufe des Urlaubs wurde das Winseln immer häufiger. Es fing schon an, sobald sie ins Auto einstieg; beim Verbleib auf Caféterrassen winselte sie, wenn sie bei uns lag, und nach einer Woche bereits, wenn wir von einem Ausflug wieder ins Ferienhaus zurückkehrten. Es sieht danach aus, dass sie ständig Lust auf "Action" hat, denn nur während der Spaziergänge ist sie still.

Nach dem Urlaub hat Maya dieses Verhalten leider beibehalten. Nach einem Spaziergang von einer Dreiviertelstunde, wobei sie frei laufen durfte, einer Stunde Pause und einem nochmaligen Spaziergang von einer Stunde an der langen Lei-

146

ne, fiepst sie mir ein »Und was machen wir jetzt?« zu, sobald wir wieder beim Auto sind.

Sie scheint nie genug kriegen zu können. Es ist ja schön, dass sie in ihrem Alter noch so fit und aktiv ist, aber dass sie nach so einem Ausflug anfängt zu winseln, sobald sie wieder im Auto sitzt, gefällt mir weniger gut.

Der neue Fußboden

In meinem Wohnzimmer habe – nein, jetzt muss ich sagen: *hatte* – ich einen Holzfußboden. Kein glattes Parkett, sondern deftige, grobe Dielen aus einem ehemaligen Kloster. Ein schöner, uriger Fußboden, der dem Zimmer eine gemütliche Atmosphäre verlieh und auf dem man die Spuren von Hundepfoten auch nicht so gut sah.

Inzwischen habe ich aber einige alte Hunde, und dabei erwies der Boden sich als Problem. Denn alte Hunde haben ihre Zipperlein. Da gibt's manchmal eine kleine oder auch größere Pfütze, eine Magenverstimmung mit Folgen, und das unbehandelte grobe Holz saugt alles geduldig in sich auf. Nicht sehr schön und vor allem: nicht hygienisch! Dazu kommt, dass Flöhe und deren Eier in den Ritzen des Bodens zwischen allem Sand und Staub wahrscheinlich ein Eldorado für sich entdeckt haben, das erst im Moment, wo alle Hausbewohner sich einige Zeit außer Haus befinden, zu voller Entfaltung kommen würde. Daran mag ich nicht mal denken…

Die Lösung erschien mir ein Fliesenboden zu sein. Im Nachhinein bin ich froh, dass ich, als ich zu diesem Entschluss kam, nicht realisierte, was praktisch alles auf mich zukommen würde.

Zunächst mussten die Dielen herausgeholt werden. Was ich darunter antreffen würde, war eine Überraschung, denn der Boden lag schon zwölf Jahre.

Ich konnte die Holzdielen verkaufen; die Leute kamen heute Morgen und brachen sie selbst heraus. Da alle Möbel erst in die eine Zimmerhälfte und danach in die andere gebracht werden mussten, erschien es mir nicht sehr praktisch, wenn auch noch vier Hunde die Arbeiten interessiert verfolgen würden. Also ging Tom in der Zwischenzeit mit den Hunden spazieren.

Toby war damit absolut nicht einverstanden. Er lag in seinem Korb – der letzte, der noch im Zimmer stand – unter meinem Schreibtisch. Drumherum stand schon alles voll mit Möbeln, aber Toby dachte anscheinend: »Wenn ich euch nicht sehe, seht ihr mich auch nicht.« Mit sanftem Drang bekam ich ihn dann aber doch noch aus dem Haus.

Nächster Schritt, das Ausbrechen des Holzbodens. Die Käufer waren inzwischen eingetroffen und mit der Arbeit begonnen. Unter den Dielen lag Linoleum und darauf etliche Kilo Sand, der im Laufe der Jahre durch viele unermüdliche Hundepfoten ins Haus geschleppt worden und durch die Ritzen zwischen den Dielen gesickert war.

Nach nur anderthalb Stunden war der Boden heraus, und ich versuchte, bewaffnet mit Besen, Kehrblech, Staubsauger und Wischer, das Zimmer wieder einigermaßen bewohnbar zu machen. Immerhin sollte es noch eine ganze Weile dauern, bevor die Fliesen gelegt würden. Das Linoleum wollte ich vorläufig liegen lassen, um in der Zwischenzeit wenigstens nicht auf dem nackten Betonboden leben zu müssen.

Dann kamen die Hunde zurück. Erstaunte Gesichter beim Betreten des Gartens. »Warum stehen unsere Körbe hier?«

Leider waren meine Mitbewohner nicht bereit, sich im Garten in ihre Körbe zu legen, bis ich mit dem Zimmer fertig war. Die Arbeiten wurden also nicht nur durch die Möbel erschwert, die überall und vor allem im Weg standen, sondern auch noch durch drei Hunde, die dasselbe taten, neugierig meine Aktivitäten verfolgten und – unnötig zu sagen – immer gerade da standen, wo ich staubsaugen oder wischen wollte.

Drei Hunde. Drei Hunde? Wo war Luca?

Sie lag ganz entspannt in ihrem Korb auf der Terrasse. Ausgerechnet Luca, der Hund, von dem ich es am wenigsten erwartet hätte. Denn abgesehen von ihrer Angst mögen Herdenschutzhunde sowieso keine Veränderungen und reagieren dementsprechend auf solche. Doch eigentlich schön, dass es unseren Hunden immer wieder gelingt, uns zu überraschen.

Nun stehen noch einige Kleinigkeiten an, wie das Leerräumen des kompletten Zimmers – wo lasse ich nur alle Möbel?! – , bevor der neue Boden gelegt wird. Ich kann dann nämlich nicht, wie jetzt, einfach alle Möbel abwechselnd in eine Zimmerhälfte schieben; nein, fürs Fliesenlegen muss das ganze Zimmer leer sein.

Dann können die Hunde und ich zwei Tage nicht ins Wohnzimmer, weil der Fliesenleger dort arbeitet. An einem Tag werden die Fliesen gelegt, und danach muss der Boden vierundzwanzig Stunden trocknen und darf in der Zeit nicht betreten werden.

Ach ja, und die Decke und die Wände müssen auch noch gestrichen werden. Wenn schon, denn schon. Und das Linoleum und der Filzboden, der darunter liegt, müssen natürlich auch noch raus.

Ach, kommt Zeit, kommt Rat.

Einige Wochen später:

Das Streichen des Wohnzimmers verlief ohne allzu große Katastrophen. Eine kleine Katastrophe war, dass Luca mit ihren Riesenpfoten in einen Farbeimer stapfte und danach beeindruckende Abdrücke ihrer Pfoten auf dem Linoleum hinterließ (das hatten wir doch schon mal mit Dunya!), auf dem Küchenfußboden, den dunkelgrauen Fliesen meiner Terrasse... und... und...

Ansonsten keine besonderen Vorkommnisse.

Je nachdem, welche Wand wir gerade strichen, mussten natürlich die Möbel und auch die Hundekörbe stets verschoben werden. Das haben die Hunde aber alle gut und ohne Stress weggesteckt. Toby lag unerschütterlich in seinem Korb unter meinem Schreibtisch, der mit Plastikfolie abgedeckt war.

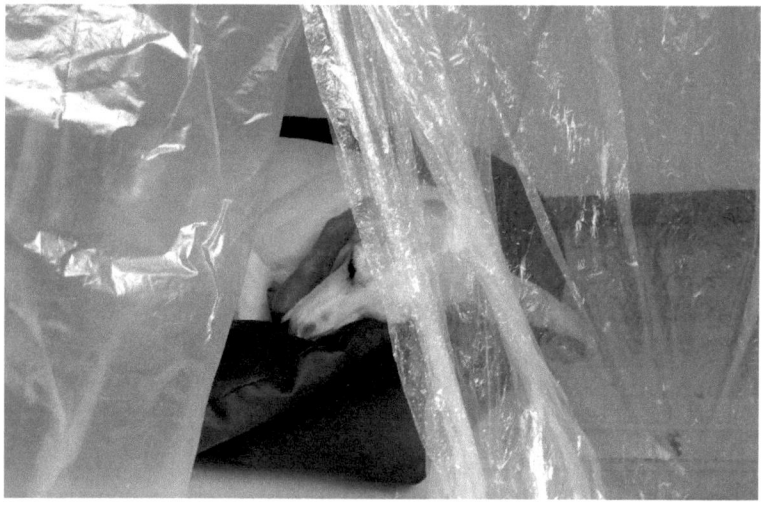

Auch Lilly hatte keine Probleme mit dem Chaos im Wohnzimmer. Oft mussten wir aufpassen, sie nicht aus Versehen „mit zu streichen".

Auch Maya blieb unerschütterlich in ihrem Korb liegen; das bisschen Durcheinander steckt sie locker weg. Nur ist sie leider ganz verrückt auf alle Arten von Plastik. Das will sie immer zerreißen. So auch die Abdeckfolie, die wir beim Streichen über den Möbeln ausbreiteten.

Samstagmorgen – zum Glück stand ich daneben – zog Maya an der Folie, die über einem Schrank hing. Ich konnte sie ihr noch gerade rechtzeitig aus der Schnauze ziehen; darauf standen nämlich zwei offene Farbtöpfe!

Am Wochenende des 5. Dezember 2015 – dem niederländischen Nikolaustag – fing die eigentliche Arbeit an: das Leerräumen des Wohnzimmers. Ich hatte eine Liste von allen Einrichtungsgegenständen gemacht mit dem Vermerk, wo sie zeitweilig untergebracht werden sollten. Und das stellte sich als sehr praktisch heraus, denn ich wohne in einem Reihenhaus und verfüge nicht über allzu viel Platz, sodass die Möbel auf allerlei Stellen im und außerhalb des Hauses verteilt werden mussten.

Es war schon seltsam für die Hunde, vor allem, als zum Schluss auch noch das Linoleum und der darunter befindliche Filzteppichboden heraus mussten. Toby, sonst eher phlegmatisch, hatte damit seine Probleme. Stundenlang lief er durchs Zimmer, wollte ständig in den Garten und wieder herein und forderte Aufmerksamkeit. Die anderen Hunde, auch Luca-der-Mastin-der-keine-Veränderungen-mag, passten sich aber ganz gut an das Chaos an.

Wir hatten vereinbart, dass die Hunde und ich während der Arbeiten am Fußboden bei Tom Unterschlupf finden sollten, die einzige Lösung, wenn man vier Hunde hat und zwei Tage das Wohnzimmer nicht betreten darf. Kater Krieltje würde zuhause bleiben; das Risiko, dass er bei Tom entwischen würde, war einfach zu groß. Außer im Wohnzimmer konnte er sich ja auch frei bewegen, und ihm stand die gesamte obere Etage mit vielen Liegeplätzen einschließlich meines Bettes zur Verfügung.

Sonntagmittag fand der „Umzug" statt. Einige persönliche Sachen für mich, mein Rechner, Hundekörbe, Futter, Hundemäntel und alles, was man halt so für ein paar Tage braucht.

Und wieder war es Toby, der in der fremden Umgebung keine Ruhe fand. Tom hat im Wohnzimmer einen Laminatboden, sodass das Tapsen von Tobys Krallen ausgesprochen gut zu hören war und uns den ganzen Abend akustisch begleitet hat.

Die anderen drei lagen erstaunlich lieb und ruhig in ihren Körben – bis ich mit Lilly nach oben ging. Ich hörte Luca im Flur tapsen und rief beruhigend hinunter, dass alles gut war, in der Hoffnung, dass ihr die Tatsache, mich zu hören und zu wissen, dass ich nicht „weg" war, ausreichen würde.

Das war leider nicht der Fall. Lärm auf der Treppe. Was ich befürchtet hatte, geschah: Luca hing auf der schmalen Treppe fest, kam nicht mehr rauf oder runter. Gemeinsam mit Tom gelang es mir dann, Luca nach oben zu hieven. Wir holten auch ihren Korb herauf. Luca legte sich hin, zufriedener Seufzer; das Leben war wieder gut, und sie schlief die ganze Nacht durch.

Am nächsten Morgen, einem Montag, kam der Fliesenleger. Leider bekam ich zu hören, dass er noch eine dringende Arbeit zwischendurch verrichten musste, sodass die ganze Operation noch einen halben Tag länger dauern würde. Na bravo. Der Boden sollte am Mittwoch fertig werden; dann durfte ich „vorsichtig drauf laufen", aber noch keine Möbel drauf stellen. Das brachte mich leider überhaupt nicht weiter; ich wollte ja nicht „vorsichtig herumlaufen" im Wohnzimmer, sondern wieder einziehen samt Möbel und Hunden. Es lief also darauf hinaus, dass ich mit den Hunden erst am Donnerstag in mein Haus würde zurückkehren können.

Ich bemühe mich, diese Tage der Ausquartierung so entspannt wie möglich zu verbringen, indem ich besonders schöne Spaziergänge mit den Hunden unternehme. Auf einem übersichtlichen Feldweg lasse ich Maya frei laufen. Sie findet es herrlich und rennt regelmäßig ein Stück. Danach läuft sie mehr oder weniger mit uns mit.

Plötzlich sehe ich vier Rehe über die Felder rennen. Es sieht toll aus, das schon. Aber natürlich fliegen Luca und Lilly hinter den Tieren her; zum Glück nur ein kleines Stück, danach kommen sie mit hängenden Zungen zu mir zurück. Maya sieht die Rehe nicht, weil sie gerade besonders intensiv schnüffelt. Ich weiß noch nicht, wie sie auf Rehe reagiert, darum laufe ich vorsichtshalber ruhig zu ihr hin und fasse sie am Halsband, bis die Rehe außer Sicht und Luca und Lilly wieder zurück sind. Ich glaube, sie hat von der ganzen Aufregung gar nichts mitgekriegt.

Später will Maya dann die Fährte ausarbeiten und läuft aufs Feld (wo die Rehe hergekommen waren), lässt sich aber stets wieder zurückrufen.

Die letzten zwanzig Meter bis zum Auto leine ich Maya an. Mir reicht die Spannung für einen Tag.

Jeden Tag schaue ich zuhause vorbei, um mir die Fortschritte anzusehen und um Krieltje Mut zu machen, noch eine Weile durchzuhalten. Meist sitze ich dann eine halbe Stunde mit ihm auf dem Schoß – natürlich in der oberen Etage – , streichle ihn, und wir „unterhalten" uns.

Wir haben gemeinsam das Beste aus der Ausquartierung gemacht. Die Hunde haben sich ganz gut in dem für sie fremden Haus angepasst. Nur blieb es lästig, Luca abends über die schmale Treppe mit nach oben zu bekommen; aber sie weigerte sich, unten zu schlafen. Manchmal standen wir beide mehr oder weniger eingeklemmt auf der Treppe: Mit der einen Hand hielt ich mich am Geländer fest, mit der anderen hielt ich Lucas Leine, und gleichzeitig drückte ich mein Knie gegen Lucas Hinterteil, um zu verhindern, dass sie rückwärts die Treppe herunterfallen würde. Erstaunlicherweise hat das jeden Abend geklappt, ohne dass eine von uns die Treppe heruntergefallen ist.

Am Donnerstag konnten wir endlich wieder nach Hause. Der Fußboden ist wirklich toll geworden. Und wenn jetzt mal ein Missgeschick passiert, ist das unangenehm, aber wenigstens schneller wieder behoben als bei meinem alten Holzfußboden. Und die gemütliche Atmosphäre... ach, dafür werden wir schon selbst sorgen!

Toby wie er leibt und liegt

Toby ist inzwischen fünfzehn Jahre alt und mag es dementsprechend gemütlich. Weil er gern bei mir ist, habe ich ihm verschiedene Liegeplätze in der Nähe meiner eigenen Sitzplätze eingerichtet. So kann er immer mit mir „umziehen", wenn ich mich woanders hinsetze. Demzufolge hat Toby die Wahl zwischen drei (!) Körben und einem Hundekissen, das im Winter gemütlich an der Heizung liegt.

Für Lilly steht ein klitzekleiner Korb im Wohnzimmer. Und gerade dieses Körbchen ist es, in dem Toby sich häufig zusammenfaltet, anstatt es sich in einem seiner eigenen, besser passenden Körbe gemütlich zu machen. Meist hängt entweder seine Vorder- oder seine Rückseite aus dem Korb. Mir ist noch immer nicht klar, was Toby so toll an diesem Mini-Körbchen findet.

Wenn es Zeit für den Spaziergang ist, schaut er sich erst mal in Ruhe im Garten um. Ist es nicht zu warm, nicht zu kalt oder gar nass? Wenn das der Fall ist, tut er, was getan werden muss, und kehrt ins Haus zurück.

Er setzt sich in seinen Korb und schaut mich erwartungsvoll an, weil er manchmal einen Pansenstreifen bekommt, wenn er allein zuhause bleibt. Seine langen Schlappohren dreht er dabei ganz nach vorn. Ich nenne diesen Stand seiner Ohren „Pansenohren".

Entspricht das Wetter seinen Anforderungen, ist Toby bereit, sich auf einen Spaziergang einzulassen. Am liebsten zieht er mit mir allein los, durchs Viertel und durch die Grünanlagen im und ums Dorf, wo Hunderte interessanter Duftbotschaften von Artgenossen darauf warten, erschnüffelt zu werden.

Und das braucht seine Zeit.

Und die nimmt Toby sich dann auch.

Dadurch sind diese von Toby so sehr geliebten Schnüffelrunden nur möglich, wenn wir allein unterwegs sind und Tom mit den anderen Hunden spazieren geht. Denn denen kann ich dieses „Lauftempo" nicht zumuten. Vor allem Podenca Maya hat wenig Verständnis für Tobys Trödeln.

An Wochentagen bin ich allein mit allen Hunden unterwegs, und dann fahren wir mit dem Auto irgendwohin. Das passt Toby gar nicht. Wenn wir aus dem Garten kommen, schlägt er hoffnungsvoll den Weg Richtung Dorf ein und reagiert missmutig, wenn ich ihn ins Auto lade.

An den Stellen, die ich für die Spaziergänge mit allen Hunden aussuche, darf er zwar an die Schleppleine. Aber diese relative Freiheit wiegt das fehlende Schnüffeln im Dorf für Toby anscheinend nicht auf, obwohl er dort an der kurzen Leine laufen muss.

Er latscht recht uninteressiert hinter uns her. Alle spannenden Gerüche, die seine Kumpels aufnehmen, scheinen ihn nicht zu interessieren; er ist eindeutig mehr „Straßenhund" als „Naturhund". Oft bleibt er stehen und grast – minutenlang.

Richtig Action gibt's bei Toby zweimal am Tag – zumindest wenn er mit spazieren war. Dann rennt er nämlich vom Auto in den Garten, ums Haus herum zum Hintereingang und entwickelt dabei eine ungekannte Schnelligkeit, bei der er meist die Fliegengardine vor der Hintertür herunterreißt, wenn er ins Haus prescht.

Woher diese plötzliche Begeisterung?

Weil es nach den Spaziergängen Fressen gibt. Und Fressen ist neben dem Liegen in seinem Korb und geknuddelt werden, Tobys Lebenselixier... was seiner Figur nicht unbedingt zu Gute kommt – wir nennen ihn liebevoll „Beistelltischchen".

Natürlich sorge ich dafür, dass er nicht so dick wird, dass es seiner Gesundheit schaden würde. Aber ich kann seine Lebensphilosophie gut nachvollziehen. Wenn man mit neuneinhalb Jahren in eine spanische Tötungsstation abgeschoben wird und dann, total abgemagert, doch noch die unerwartete

Chance auf ein neues Leben bekommt – dann sollte man das bitteschön auch genießen dürfen und alles rausholen, was dieses neue Leben zu bieten hat. Und das tut mein lieber Opa nun bereits seit fast sechs Jahren. Ich gönne es ihm von ganzem Herzen!

Podencoplumps

Maya liebt es, auf den Spaziergängen am Bachufer entlang zu wuseln. Sie schnüffelt und gräbt und amüsiert sich köstlich, wobei sie durchaus auch manchmal ein Stückchen ins Wasser geht. Dabei bewegt sie sich – trotz ihres Alters, ihrer etwas schwachen Hinterbeine und Plattfüße – recht behändig auf der steilen Böschung.

Aber heute Morgen ging es schief. Ich hörte einen schweren Plumps, und das Geräusch machte gleich deutlich, dass Maya dieses Mal nicht freiwillig ins Wasser gegangen war.

Durch die hohen Büsche konnte ich sie erst nicht sehen,

aber die schlaue Podenca lief zu einer Stelle, von wo aus sie leichter aus dem Bach würde klettern können. Ja: *würde können.* Denn das gelang ihr leider nicht. Ich sah sie im Wasser stehen, die Vorderläufe auf dem Ufer, aber weiter kam sie nicht. Ihr halber Körper stand noch im Bach.

Ich habe zwar keine Plattfüße, aber so richtig behändig bin ich auch nicht. Also lief ich vorsichtig, Schritt für Schritt, in ihre Richtung und bemühte mich, nicht auch noch in dem Bach zu landen, was mir - vor allem bei einer Außentemperatur von vier Grad - nicht sehr erstrebenswert schien.

Gerade als ich Mayas Brustgeschirr greifen wollte, sackte sie durch ihre Hinterläufe und glitt dadurch noch tiefer ins Wasser. Nur ihr Kopf – mit Hängeohren und einem unglücklichen Gesichtsausdruck, wie nur ein Podenco ihn haben kann – und ihr Nacken waren noch auf der Wasseroberfläche zu sehen.

Ich musste noch einen Schritt weitergehen. Nein, Schadenfreude ist nicht angesagt, ich bin nicht in den Bach gefallen. Aber mein Ärmel war durch die Bewegung hoch geschoben, wodurch mein Unterarm unangenehm mit Brennnesseln in Berührung kam. In so einem Moment achtet man nicht darauf und ignoriert die brennenden Schmerzen, aber später habe ich noch ziemlich viel Last damit bekommen.

Endlich bekam ich ein Stück von Mayas Brustgeschirr zu fassen und konnte sie aus dem Wasser ziehen.

Bei diesem Wetter zog ich Maya früher meist ein Mäntelchen an, und dann bekam sie ihr Halsband um anstelle des Geschirrs. Weil sie regelmäßig ins Wasser geht, lasse ich das Mäntelchen jetzt meist weg. Ich dankte dem Schicksal oder wem auch immer, dass ich das heute auch gemacht hatte – der nasse Mantel hätte sie noch tiefer ins Wasser gezogen – und dass ich ihr das Geschirr und nicht das Halsband angelegt hatte.

Da stand sie nun am Ufer, meine Abenteurerin, schüttelte sich aus – und damit anscheinend auch gleich diese Erfahrung von sich ab; denn sofort nahm sie ihr Böschungwuseln wieder auf, als sei nichts gewesen.

Podencos sind doch so intelligent. Hat sie denn gar nichts aus ihrer Erfahrung gelernt?

Aber sicher hat sie das:»Ich komme doch immer wieder raus, und wenn nicht, hilft mir mein Mensch!«, war die weise Lektion des heutigen Tages.

Werde ich Mayas Mensch?

Nach dem buchstäblichen "Reinfall" vom Morgen, zog ich mittags in die Felder und ließ Maya frei laufen, ohne Schlepp-leine. Es ist eine Weile her, dass ich das dort versucht hatte. Das letzte Mal war sie mit einem fremden Mann mitgelaufen. Aber jetzt ging es ausgezeichnet. Sie blieb in meiner Nähe, bog auch nicht in andere Wege ein und kam einige Male von selbst oder nach meinem Rufen zu mir.

Wir begegneten verschiedenen Menschen mit Hunden, die Maya zwar begrüßte, aber erst, wenn wir mehr oder weniger mit ihnen auf einer Höhe waren. Und… sie kam sofort wieder zu mir zurück und versuchte auch nicht, sich diesen Menschen anzuschließen, wie sie es früher immer tat.

Das waren viele kleine Glücksmomente für mich!

Mein Morgen begann nicht allzu gut, als ich auf Küchen- und Wohnzimmerboden Urin und Kot liegen sah. Als ich gerade alles wieder sauber hatte, musste Luca sich übergeben und suchte sich dafür ausgerechnet eine kleine Brücke aus, die im Zimmer lag, während ihr zwanzig Quadratmeter Fliesen-boden zur Verfügung standen und die Hintertür offen war.

Aber während des Spazierganges verflog meine schlechte Laune, ja, ich wurde durch das perfekte Benehmen der Hunde sogar ausgesprochen fröhlich.

Ich hatte Maya und Toby beide an der Schleppleine. Toby blieb gleich beim Auto stehen, um ausführlich zu grasen. Ich blieb bei ihm, während die anderen drei Hunde mit dem Spaziergang anfingen und kurz darauf um die Ecke bogen und außer Sicht waren.

Ein paar Minuten später kamen Luca und Lilly zurückgerannt und – tatsächlich! – Maya hinter ihnen her, mit einem breiten Lachen auf dem Gesicht.

Auf dem Spaziergang war sie aktiver als sonst, wuselte durch die Sträucher und lief auch voraus, oft gemeinsam mit Luca. Aber sie kam immer wieder von sich aus zu mir zurück, jedes Mal mit fröhlichem Lachen.

Dieses Verhalten zeigt sie auch die folgenden Tage. Ob es wohl endlich, nach fast einem Jahr, zu ihr durchgedrungen ist, dass wir beide zusammen gehören? Dass ich ihr Mensch bin? Das wäre wunderbar!

Geschieht ihr recht!

Ein Bäumchen in meinem Garten hatte unseren Sommerurlaub leider nicht überlebt. Die toten Äste hatte ich schon abgesägt, aber das Skelett, das übrig geblieben war, trug auch nicht gerade zur Verschönerung meines Gartens bei.

Ich hatte vor, die Erde um den Baum ein Stück abzugraben, den Stamm so tief wie möglich abzusägen und das entstandene Loch mit Sand aufzufüllen und zwei Steinplatten drüber zu legen. Der Baum stand nämlich im gepflasterten Teil des Gartens.

Heute Mittag entschloss ich mich, mit diesen Arbeiten schon mal anzufangen. Und wenn ich mit etwas „anfange", dann höre ich meist erst auf, wenn ich fertig bin.

So auch heute. Obwohl der Baum tot war, tat es mir etwas weh, ihn mit Säge und Beil zu bearbeiten. Aber es blieb mir ja nichts anderes übrig. Relativ schnell war der Baum heraus, das Loch zugeschüttet und die Steinplatten gelegt.

Dennoch war es inzwischen halb vier geworden, und die Hunde forderten unmissverständlich ihren Mittagsspaziergang ein. Ich fuhr mit ihnen in die Felder und ließ Maya frei laufen; ein kühner Entschluss, weil in dieser Jahreszeit bereits in einer Stunde die Dämmerung einsetzen würde. Aber mein Vertrauen wurde belohnt. Maya blieb in der Nähe, und als uns einige Male Menschen (ohne Hunde) begegneten, kam sie in gerader Linie zu mir gelaufen, anstatt die Leute zu begrüßen.

Super!

Später begegneten wir noch Leuten mit einem Collie. Ich weiß, dass Luca etwas gegen Schäferhunde hat und wollte sie gerade anleinen, als der Collie zu bellen anfing. Zu spät! Alle drei Hunde – Toby war zuhause geblieben – stürmten auf den fremden Hund zu.

Die einzige, die sich dabei gesittet benahm, war Maya, abgesehen von der Tatsache, dass es ja nicht höflich ist, auf einen fremden Hund zu zu stürmen. Aber wenigstens nahm sie auf soziale Art und Weise Kontakt mit ihm auf.

Lilly zeigte leider wieder ihre Verhaltensstörungen, indem sie versuchte, den Hund in die Hinterbeine zu schnappen. Und Luca wollte sich gerade auf den Collie stürzen, als sie ausglitt, dabei auf die Seite fiel und mitten in einer Pfütze landete. Ihre Attacke war also buchstäblich ins Wasser gefallen. Mein stolzer Mastin sah ziemlich beschämt aus, war ihr Adrenalin nach dieser demütigenden Aktion aber anscheinend los und trottete von dannen. Geschieht ihr recht!

Hund im Katzenklo

Über Geschmack lässt sich ja bekanntlich nicht streiten, aber ich werde mich nie daran gewöhnen, dass einige meiner Hunde die Katzentoilette für ein eigens für sie hergerichtetes Buffet halten. Kater Krieltje übrigens auch nicht, verständlicherweise. Es ist nicht angenehm für ihn, wenn er seine Toilette aufsuchen will und zwei Hunde dabei erwartungsvoll um ihn herumstehen.

Da man den Hunden manche Dinge einfach schwer abgewöhnen kann, habe ich mich entschlossen, die Katzentoilette mit einem Deckel zu versehen. Erst konnte Krieltje sich nicht so recht damit anfreunden, aber schon bald entdeckte er die Vorteile.

Toby gefällt der Deckel gar nicht, denn er kommt jetzt nicht mehr an die Katzentoilette heran. Er hat einen ziemlich großen Kopf, und nach einem missglückten Versuch, sich durch die kleine Deckelöffnung zu quetschen, hat er ausprobiert, ob man den Deckel nicht ganz abnehmen kann. Aber sicher kann man das; man braucht nur die Klemmen zu lösen oder – da Toby dafür die notwendige Geschicklichkeit fehlt – eine der Klemmen abzubrechen. Nun wird der Deckel also nur noch von einer Klemme auf der Stelle gehalten.

Die zweite Interessentin an der Katzentoilette ist Lilly. Und sie ist klein. Klein genug, um ihren Kopf und sogar einen Teil ihres Körpers durch die Deckelöffnung zu zwängen, um den Inhalt der Toilette in aller Ruhe in Augenschein zu nehmen. Mein »Lilly, nein!« hat meist nicht das gewünschte Resultat, und wenn doch, dann hilft das jedenfalls nur, wenn ich in der Nähe bin.

Ein klarer Fall für die Blumenspritze. Denn mit dem Kopf unter dem Deckel kann Lilly nicht sehen, was da draußen so alles passiert, also auch nicht mich mit der Blumenspritze. Sie fühlt nur plötzlich Wasser und wird, da sie ein schlauer Hund ist, dieses unangenehme Erlebnis mit der Katzentoilette in Verbindung bringen und diese fortan meiden.

Zumindest war das mein Plan.

Ich stand also da, mit der Blumenspritze im Anschlag. Lilly tauchte in die Katzentoilette ein, und ein gut gezielter Wasserstrahl landete auf ihrem Rücken. Lilly kam heraus, schüttelte sich kurz – und ging gleich wieder zurück. Also noch ein Wasserstrahl. Und noch einer. Und noch einer.

Das Resultat meiner Aktion war lediglich, dass ich aufwischen musste. Was für eine Menge Wasser! Auf dem Deckel der Katzentoilette, an dem Schrank, der daneben steht, auf dem Boden - schön vermischt mit der Katzenstreu, die Krieltje bereits verteilt hatte. Also ein ziemliches Durcheinander.

Und hat es geholfen? Nicht wirklich. Lilly kam, als sie fertig war mit dem Fressen, in aller Ruhe aus der Katzentoilette, schüttelte sich noch kurz und stolzierte ins Wohnzimmer.

Vielleicht ist eine Katzentoilette mit einer Klappe die Lösung? Vielleicht, ja. Aber ich glaube nicht dran. Krieltje wird das sicher nicht gefallen, und ich fürchte, dass Lilly sich von so einer Kleinigkeit nicht von ihren illegalen Snacks abhalten lässt. Wahrscheinlich bleibt sie dann eines Tages mit dem Kopf in der Klappenöffnung hängen und rennt panisch mit dem Deckel auf dem Kopf durchs Zimmer? Obwohl, vielleicht hätte sie danach ja endgültig die Nase voll.

Hund im Graben

Vor Jahren habe ich für Toby ein Brustgeschirr gekauft, das zu jener Zeit das Gelbe vom Ei war – oder zumindest sein sollte. Ich nenne keinen Markennamen, aber im praktischen Gebrauch stellte das Geschirr sich als absolute Fehlinvestition heraus. Legt man es so an, dass es nicht drückt, kann der Hund es sich mühelos über den Kopf ziehen. Will man das vermeiden, muss man das Geschirr so stramm anlegen, dass die Bänder unter den Achseln ins Fleisch schneiden.

Das mache ich selbstverständlich nicht, und so sitzt das Geschirr bei Toby angenehm lose. Da er nicht gerade ein Entfesselungskünstler ist, ist das auch kein Problem – solange er in keinen Graben fällt.

Heute Morgen stand Toby am Rand eines Grabens und graste... und graste... und graste. Minutenlang bin ich stehen geblieben. Die anderen Hunde hatten sich bereits zum Spaziergang aufgemacht und kamen ab und zu zurück, um nachzufragen, ob wir auch noch *laufen* würden oder nur stillstehen.

Als ich den Kompromiss zwischen Laufen und Stillstehen nach einiger Zeit zum Vorteil der anderen drei Hunde entschied, wollte ich Toby mitziehen. Rufen hat keinen Zweck, da er sich in so einem Fall taub stellt.

Irgendwie kam er mit einer Pfote in die lange Leine und fiel um. Für die meisten Hunde kein Problem. Sie stehen halt wieder auf. Aber nicht, wenn man so linkisch ist wie Toby.

Er rollte um und um und um – das steile Ufer hinab in Richtung Graben. Ich versuchte zu verhindern, dass er weiter rollte, indem ich die Leine vorsichtig spannte. Allzu fest konnte ich aber nicht daran ziehen, denn dann hätte ich Toby das Geschirr über den Kopf gezogen, und wie sollte ich ihn dann wieder auf den Weg zurückbekommen?!

Auf halbem Wege stand Toby wieder auf den Füßen; ich zog vorsichtig an der Leine, um ihm beim „Aufstieg" zu helfen, aber das klappte nicht. Er fiel rückwärts um und lag wie eine Schildkröte auf dem Rücken in dem stinkigen schlammigen Graben.

Er mähte mit den Pfoten, und ich konnte nur stets die Leine ein wenig in die gewünschte Richtung ziehen, um ihm beim Aufstehen zu helfen. Mit einem gutsitzenden Geschirr hätte ich Toby problemlos aus dem Graben ziehen können.

Schließlich gelang es mit vereinten Kräften – Tobys und meinen - , ihn wieder auf den Weg zu bekommen. Er war schwarz und stank erbärmlich. Und so was muss ausgerechnet ihm passieren, der Dreck, Schlamm und Nässe hasst und einen Bogen um jede Pfütze macht, während Luca in dem bewussten Graben oft zum Spaß hin und her rennt.

Toby schaute mich recht unglücklich an. Das konnte ich gut verstehen. Nun muss ich abwarten, ob sein Fell „selbst reinigend" ist wie bei Luca; sie kann noch so schmutzig sein, nach einer Weile, wenn der Dreck getrocknet ist, fällt er von selbst heraus, und Lucas Fell erstrahlt wieder weiß und sauber. Ist das bei Toby nicht der Fall, werde ich ihn baden müssen. Da er aber auch den Geruch der diversen Hundeshampoos hasst, würde ich ihm das gern ersparen.

Silvester 2015

Auf die Weihnachtstage freue ich mich uneingeschränkt, schon Wochen im Voraus. Aber dem Silvesterabend sehe ich jedes Jahr mit gemischten Gefühlen entgegen, und neben der Hoffnung auf ein gutes Jahr überfällt mich immer eine gewisse Wehmut.

Dazu kommt, dass mir von Jahr zu Jahr die Knallerei mehr

auf die Nerven geht. Abgesehen von den Gedanken, die sich jeder vernünftige Mensch macht, ob der unglaublichen Verschwendung von Milliarden, die da sinnlos in die Luft geballert werden, und den Gedanken an all die guten Dinge, die man mit diesem Geld für Not leidende Tiere und Menschen tun könnte, tun mir auch meine Hunde leid.

Jedes Jahr gehe ich um Mitternacht zu jedem meiner Tiere, wünsche ihnen ein glückliches Neues Jahr und spreche die Hoffnung aus, dass wir es auch im nächsten Jahr wieder gemeinsam bei guter Gesundheit feiern können.

Na ja, „feiern"… Nach Feiern ist vor allem Luca nicht gerade zumute. Seit die kleine Daisy mich verlassen hat, ist Luca der einzige Hund im Haus, der Angst vor Feuerwerk hat. Schon seit Tagen bekam sie homöopathische Tropfen gegen den Stress. Die trugen zwar zur Reduzierung des Stresses bei, aber ganz vermeiden ließ er sich nicht.

Als die Knallerei losging – und das begann schon um Weihnachten – faltete sie sich in dem kleinen Korb unter meinem Schreibtisch zusammen oder legte sich aufs Sofa. Eigentlich darf Luca nicht aufs Sofa, aber bei Unwetter oder Feuerwerk mache ich eine Ausnahme. Ich bin ja froh, wenn sie ein Plätzchen findet, wo sie sich einigermaßen sicher fühlt.

Toby hatte den ganzen Abend gemütlich in seinem Korb gelegen und schaut mich um Mitternacht nur schläfrig verstört an, weil der Krach ihn unsanft aus dem Schlaf gerissen hat. Ansonsten interessiert ihn die Knallerei überhaupt nicht, meinen wunderbar phlegmatischen Opa.

Um das Getöse von draußen zu übertönen, drehe ich extra für Luca die Lautstärke des Fernsehers auf fast-taub-wird. Das hilft. Dennoch flüchtet Luca zu Maya in deren Kudde. Die findet das gar nicht lustig, denn Maya liebt ihre Privatsphäre. Vor allem wenn sie in ihrem Kudde liegt, ist ihre persönliche Zone, in der sie niemanden duldet, recht groß. Allerdings wirft sie Luca lediglich einen schiefen Blick zu, lässt sie aber liegen. Anscheinend macht sie sehr wohl Unterschiede zwischen ihren Mitbewohnern; denn Toby und Lilly werden sofort weggeschnauzt, wenn sie auch nur zu dicht an Mayas Kudde vorbeilaufen. Kater Krieltje hingegen darf sich zu ihr legen. Er erntet denselben schiefen Blick wie Luca…

Maya will erstaunlicherweise kurz nach Mitternacht in den Garten. Ich habe nichts dagegen, der Garten ist ja vollständig eingezäunt und liegt auch nicht an der Straße. Aber der Krach und das grelle Licht sind ihr wohl doch nicht ganz geheuer. Sie tut, was getan werden muss, kehrt danach aber recht zügig ins Haus zurück und macht es sich in ihrem Kudde unter der Wolldecke gemütlich.

Krieltje: völlig problemlos! Liegt in meinem Stuhl und schläft den Schlaf des gerechten achtzehnjährigen Katers.

Und Lilly? Tough wie sie ist, hat sie vor nichts und niemandem Angst – zumindest tut der Dreikäsehoch gern so. Das einzige, worauf sie panisch reagiert, ist die Fliegenklatsche. Ich habe keine Ahnung, warum. Vielleicht ist es eine Erinnerung aus ihrer Vergangenheit.

Jedenfalls will auch sie um Mitternacht in den Garten. Wenn Maya schon geht, da kann sie ja schließlich keine Angst zeigen. Zu meinem Erstaunen zögert sie allerdings bei der Tür und geht erst, als ich sie in den Garten begleite. Beim ersten dicken Böller schießt sie ins Haus zurück, tut dabei allerdings so, als habe sie sowieso zufällig gerade wieder rein gewollt.

Als der schlimmste Krach überstanden ist, gehe ich ins Bett. Dieses Jahr nehme ich aber Luca mit nach oben. Ihr Liegeplatz ist bereits vorbereitet, und sie – die normalerweise keine Treppen steigt –, ist nur allzu gern bereit, mir zu folgen.

Erstaunlich entspannt, wenn man bedenkt, dass bis drei Uhr morgens immer noch ab und zu geknallt wird, verbringen wir gemeinsam die Nacht. Diese Lösung gefällt mir bedeutend besser als die der vorhergehenden Jahre, in denen ich die halbe Nacht unten bei den Hunden verbracht habe.

Für dieses Jahr ist es wieder überstanden. Schauen wir mal, was das Neue Jahr uns bringt.

Tagsüber lesen?

Sonntagmittag. Das Wetter ist ungemütlich, und ich verspüre plötzlich Lust, es mir mit einem Buch gemütlich zu machen. Eigentlich lese ich nie tagsüber. Warum eigentlich nicht? Die Hunde hatten ihren Spaziergang, und die Hausarbeit – wie üblich auf das absolute Minimum reduziert, weil ich meine Zeit lieber auf andere Art nutze – ist erledigt. Also der ideale Zeitpunkt, mich mit einem Buch in meinen Ohrensessel zu kuscheln.

Ich schnappe mir meinen siebenhundert Seiten starken Krimi, Tässchen Tee in Reichweite, mache es mir gemütlich und lege die Füße hoch. Aber noch bevor ich das Buch aufgeschlagen habe, kommt Toby zu mir. Toby ist ein alter Hund, er geht nicht mehr so viel spazieren, und seine kleinen Freuden bestehen hauptsächlich darin, im Garten herum zu wuseln und zu schmusen.

Also bekommt Toby seine Streicheleinheiten. Danach will er in den Garten. Also gut, die Fußstütze meines Sessels geht wieder runter, und ich lasse Toby hinaus.

Weil es kalt und windig ist, kann ich die Tür nicht offen stehen lassen, muss also warten, bis Toby wieder rein kommt und zufrieden knurrend seinen Korb aufsucht. Hoffnungsvoll begebe ich mich wieder Richtung Sessel.

»Mmrrraaauwwww« klingt es klagend aus dem Flur. Kater Krieltje hat eine besondere Ausdrucksweise, besser gesagt verschiedene Arten des Miauens, um seine Wünsche – oder sollte ich sagen: Befehle? - kundzutun. Und diese sagt klar und deutlich: »Mein Katzenklo ist dreckig!« Und er hat Recht, das hatte ich heute Morgen vergessen.

Also Katzenklo reinigen, Hände waschen, zurück in meinen Sessel.

Maya verlässt ihren Korb, um zu trinken. Das wäre an sich nicht so schlimm, aber beim Aufstehen gleitet ihr die Decke vom Rücken, die ich im Winter immer über sie breite, weil sie so eine Frostbeule ist.

Sie ist eine intelligente Podenca und weiß, dass sie neben dem Korb stehen bleiben muss, sodass ich erst die Decke herausnehmen kann, um Maya dann damit zuzudecken.

Also steht sie auch jetzt nach dem Trinken neben ihrem Korb und schaut mich erwartungsvoll an. Und wo wir nun doch so gemütlich beieinander stehen, können wir auch gleich ein bisschen Kuscheln. Dann geht sie in ihren Korb zurück, und ich decke sie zu.

Ich kehre zu meinem Sessel zurück. Mal schauen, ob ich vielleicht doch noch ein paar Seiten lesen kann, ohne dass „jemand" etwas von mir will.

Aber jetzt weiß ich wieder, warum ich nie tagsüber lese, sondern warte, bis ich abends im Bett liege. Denn drei meiner vier Hunde schlafen unten; so bin ich sicher, dass ich nicht beim Lesen gestört werde – außer wenn Kater Krieltje über mein Bett, meine Arme und mein Buch spaziert.

Mayas Kommentar

»Ist ja ganz okay, dass du mir die Hundedecke auf die Couch legst. Aber auf *deiner* Decke und mit *deinen* Kissen um mich rum verteilt, liegt es sich vieeeel besser!
Oh, darf ich das nicht?
Nichts, aber auch gar nichts darf man hier!«
(Tiefer Seufzer...)

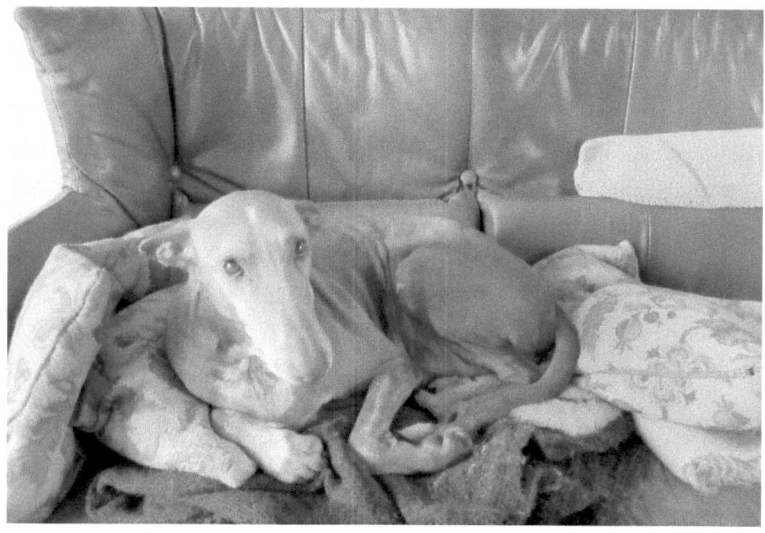

Eisprinzessin und „Rollmops"

Für den Morgenspaziergang entschied ich mich für eine Wiese, an die sich Felder anschließen, die jetzt im Winter brachliegen. Mit gutem Willen kann man im Gras einen Trampelpfad ausmachen, da dort mehr Leute mit ihren Hunden spazieren gehen. Und diesen Pfad nehme ich immer, während die Hunde sich im Gras und im Gebüsch amüsieren.

Ein Teil des Weges stand die letzten Tage wegen des heftigen Regens unter Wasser und ist jetzt bei fünf Grad unter null natürlich zugefroren. Wenn man sich unter und zwischen den von den Bäumen herabhängenden Zweigen durch wurschtelt, kann man drum herum laufen.

Ich habe die Hunde zu mir gerufen, um mit ihnen zusammen um die „Eisbahn" herum zu laufen, außer Lilly. Sie konnte über das Eis laufen, ohne einzusinken und tat das auch.

Luca kam mit mir, Toby hatte keine Wahl, da er an der Leine war. Maya kam erst auch mit, aber dann fand sie, dass sie durchaus ihre eigenen Entscheidungen treffen konnte. »Mir den Weg von meinem Menschen vorschreiben lassen? Das fehlte gerade noch!«

Und dann geschah das Unvermeidliche. Maya ist, im Gegensatz zu Luca und mir, nicht schwer genug, um das Eis mit jedem Schritt kaputt zu treten, aber im Gegensatz zu Lilly auch nicht leicht genug, um drüber laufen zu können.

Sie rutschte aus und lag mit ihrem Bauch auf dem Eis. Indem sie mit den Hinterbeinen schlug, trat sie an der Stelle zwar das Eis kaputt, aber das genügte nicht, um wieder auf die Pfoten zu kommen. Außerdem hatte sie keinen Halt, weil ihr die Vorderbeine ständig auf dem Eis wegrutschten.

Es war nicht gefährlich, denn es ist nicht tief und reicht mir gerade über die Fesseln. Aber schön ist es natürlich nicht; Maya wurde ziemlich panisch.

Ich war ein Stück von ihr entfernt, begann aber schon mal, beruhigend auf sie einzureden, während ich vorsichtig in ihre Richtung lief. Mit jedem Schritt trat ich zwar das Eis kaputt, musste aber trotzdem aufpassen und meine Füße vorsichtig aufsetzen, denn es war natürlich sehr glatt.

Als ich bei ihr war, fasste ich sie am Halsband und Mäntelchen und zog sie erst mal aus der Eispfütze heraus, in der sie

171

mit ihrem Hinterteil saß. Dann habe ich sie, während ich stets das Eis kaputt trat und meine Hand fest um Mayas Halsband hielt, zu dem höher gelegenen Teil des Geländes begleitet, wo wir wieder sicher laufen konnten.

Maya war schwer beeindruckt. Sie blieb dicht neben oder hinter mir, lief genau wo ich auch lief und wich mir den Rest des Spaziergangs nicht mehr von der Seite.

Nein, Fotos gibt's davon nicht. Ich wollte so schnell wie möglich meinen Hund „retten".

Dies ist das zweite Mal, dass ich Maya aus einer knifflligen Lage befreit habe – das erste Mal war das der Fall, als sie in den Graben gefallen war – und ich hoffe, dass dieses Erlebnis wenigstens als positive Nebenwirkung ein wachsendes Vertrauen von Maya zu mir hat.

Sie hat es übrigens nicht vergessen, denn am nächsten Tag gingen wir wieder dorthin, und Maya blieb die ganze Zeit in meiner Nähe und lief, sich dicht hinter mir haltend, um das vereiste Wegstück herum.

Wegen seiner gut gefüllten Figur könnte man Toby eventuell als Rollmops bezeichnen; aber heute machte er dem Namen „Roll"-Mops wirklich alle Ehre. Toby wälzt sich gern auf dem Rücken, nicht nur im Gras, sondern auch zuhause in seinem Korb, und stößt dabei zufriedene Laute aus. Ich denke, es ist für ihn eine Art Massage.

Als ich am Rechner saß, machte er das auch wieder. Zwischendurch hörte ich das Ticken seiner Krallen gegen den Heizkörper, denn er vollführte seinen „Act" gerade auf seinem Kissen, das gemütlich zwischen dieser Wärmequelle und einem Schrank liegt.

Nach kurzer Zeit ändern sich die Laute, die Toby ausstößt. Sie klingen auch gar nicht mehr so zufrieden. Ich schaue nach ihm: Er liegt zwar auf dem Rücken, aber er wälzt sich nicht, er strampelt. Wie eine Schildkröte liegt er auf dem Rücken, mäht mit seinen Beinen und schafft es anscheinend nicht, selbst wieder hochzukommen. Ich eile meinem Opa Toby zu Hilfe. Vorsichtig hebe ich das Kissen auf einer Seite ein bisschen an, sodass er langsam zur Seite rollt. Und aus dieser Position kommt er selbst wieder auf die Pfoten.

So macht man mit den Hunden immer was mit. Die eine liegt auf dem Bauch, ohne selbstständig wieder hochzukommen, der andere auf dem Rücken…

Maya auf dem Nudistenstrand

Urlaub mit Luca, Lilly und Maya. Für Maya ist dies der erste Frühjahrsurlaub, bei dem sie die vollen zwei Wochen mit dabei ist, nach den vier Tagen „Probeurlaub" im letzten Jahr.

Auf den Stränden, wo wir meist spazieren gehen, kann Maya frei laufen. Sie gehorcht nicht immer, wenn wir rufen, aber sie läuft auch nicht weg; ein Kompromiss, mit dem wir leben können.

Eines Morgens waren wir eine gute halbe Stunde gelaufen; danach war Maya noch zweieinhalb Stunden durch den Garten gestreift. Als sie damit fertig war, war es Zeit für den Mittagspaziergang, eine Dreiviertelstunde über den Strand. Und dann finde ich es so schade, dass sich meine Es-ist-nie-genug-Podenca, wenn wir dann auf dem Rückweg sind, ins Gebüsch verdrückt, anstatt mit uns zum Auto zurückzulaufen.

Wir warten eine Weile, ob sie von selbst wiederkommt, aber das hat sie anscheinend nicht vor. Also holt Tom sie aus dem Gebüsch und nimmt sie an die Leine. Irgendwann muss es mal genug sein, auch für einen Podenco.

Eines Tages schnüffelten die Hunde gemütlich über den Strand, von dem ein Teil als Nudistenstrand ausgewiesen wird. Meist sind dort in der Vorsaison aber keine Menschen, sodass wir dort im März oder April immer ungehindert laufen können. Dieses Mal machte ich allerdings ein einsames und anscheinend leeres Zelt aus; ein kleiner Hund stand davor und bellte sich die Seele aus dem Leib, als wir vorbeikamen. Lilly und Maya wollten dort mal kurz vorbeischauen; Luca fand es die Mühe nicht wert.

In dem Moment kam ein nackter Mann aus dem Zelt. Darauf war ich nicht vorbereitet und wusste nicht recht, wie ich mit dieser Situation umgehen sollte. Dazu kam, dass die Sonne so stark war an diesem Tag, dass ich meine Hand über die Augen halten musste, um Maya im Gegenlicht überhaupt sehen zu können – was für ein Bild muss das gewesen sein!. Ich fühlte mich wie ein Spanner und absolut nicht wohl in meiner Haut.

Ich rief die Hunde, und Lilly kam auch sofort zurück. Aber Maya reagierte nicht, was mich schon nicht mehr überraschte. Auch mein Pfeifen und Winken lösten keinerlei Reaktion bei ihr aus. Ich hatte wenig Lust, sie dort abzuholen, aber nach einer Weile kam sie dann endlich von sich aus wieder in meine Richtung gelatscht mit der unausgesprochenen Frage, wozu diese ganze Aufregung eigentlich gut sein soll.

Den Rest des Urlaubes haben wir den Nudistenstrand gemieden.

Maya erzählt

Letztes Jahr durfte ich auf Probe vier Tage mit in den Frühjahrsurlaub. Ich bin da gleich aus dem Garten abgehauen, denn was die Leute eingezäunt nannten... Ich habe mich im Bungalowpark umgesehen, und danach bin ich wieder zurückgegangen.

Auf den Stränden bin ich auch abgehauen, habe mich ungeniert anderen Menschen angeschlossen, die mir auch nett erschienen. Leider hat mein neuer Mensch mich dort wieder weg geholt.

Insgesamt habe ich mich anscheinend so gut benommen, dass ich in diesem Jahr den ganzen Urlaub dabei sein durfte. Zwei ganze Wochen! Es war nicht mein erster langer Urlaub, denn letztes Jahr im Sommer bin ich drei Wochen in Nord-Deutschland gewesen. Aber da haben sie mich die ganze Zeit an der Leine gehalten, weil meine Leute anscheinend kein Vertrauen zu mir hatten. Oder sie hatten einfach Angst, mich zu verlieren, das kann natürlich auch sein.

Vielleicht liegt es daran, dass ich wieder ein Jahr älter bin, aber ich bleibe jetzt im Garten der Ferienwohnung und springe nicht mehr über den Zaun. Stundenlang amüsiere ich mich dort; es ist viel interessanter als zuhause, denn hier gibt es Gras, Büsche und Bäume.

Natürlich gehen wir auch zweimal am Tag spazieren. Fast immer an einem Strand, wo wir ganz alleine sind. Da laufe ich übrigens auch nicht weg; ich bleibe – na ja, in gebührendem Abstand, versteht sich – in der Nähe meiner Leute.

Ich gehorche nicht immer, wenn mein neuer Mensch mich ruft, obwohl sie immer Käse *und* Knackwürstchen für mich mitnimmt für den Fall, dass ich auf ihren Rückruf reagiere. Vor allem die Knackwürstchen finde ich super-lecker, aber manchmal doch nicht lecker genug, um zu kommen.

Ich habe zum ersten Mal ein Kaninchen verfolgt, seit ich bei meinem neuen Mensch wohne. Ich habe schon öfter Kaninchen gesehen, auch Enten; aber die saßen immer still, da wurde also von mir keine Aktion erwartet. Aber dieses nicht. Es rannte weg, vor meiner Nase über den Strand und dann ins Gebüsch. Ich habe noch kurz gezögert, aber meine Kumpels rannten hinterher. Und da muss man als Podenco schließlich mithalten, wenn man seinen guten Ruf als Jagdhund nicht aufs Spiel setzen will.

Also so toll fand ich es eigentlich nicht. Das Kaninchen war schnell weg und ich schon nach ein paar Minuten wieder bei meinen Leuten zurück. Mein neuer Mensch meinte, dass Dunya, ihre vorige Podenca, in so einem Fall mindestens eine halbe Stunde weg geblieben wäre.

Ist das jetzt gut oder schlecht, dass ich so schnell zurück war? Ich denke mal: gut, nach dem Strahlen auf dem Gesicht meiner Leute zu urteilen. Mein neuer Mensch hat mir erzählt, was für ein toller Hund ich sei. Das finde ich nicht so interessant. Aber meist geht so ein Kompliment einher mit Leckerchen – oder vielleicht sogar Käse oder Knackwurst? Und *das* finde ich *wohl* interessant!

Unsichtbare Katze

Eigentlich gehört Kater Krieltje nicht hierher. Denn dies sind ja Hundegeschichten. Aber Krieltje spielt eine wichtige Rolle in meinem Leben und das bereits seit neunzehn Jahren, und so ist es nur natürlich, dass er auch in den vorliegenden Geschichten ab und an mit seinem distinguierten Kopf um die Ecke lugt. Dem möchte ich jetzt noch eine Begebenheit hinzufügen, in der Krieltje die Hauptrolle spielt; und ein jeder,

der eine Katze hat, wird folgende Situation wiedererkennen:
Krieltje saß neben mir, als ich am Tisch eine Patience legte,
und wir quatschten ein wenig. Nein, rufen Sie nicht gleich die
Männer in den weißen Kitteln herbei (zumindest noch nicht).
Krieltje miaut, ich miaue zurück, er ist nun mal ein geselliger
Hausgenosse.

Später hörte ich das Katzentürchen, Krieltje war also in den
Garten gegangen. Als ich kurz darauf zu Bett gehen wollte,
bin ich durch den ganzen Garten gelaufen. Mein Garten ist
recht übersichtlich, vollständig gepflastert und geschmückt mit
vielen Töpfen und Tiegeln, aber keinen Bäumen oder
Sträuchern, hinter oder unter denen eine Katze sich verstecken
könnte.

Dennoch fand ich ihn nicht.

Im Zimmer auch nicht.

Also ging ich nach oben. Ich erwartete, dass Krieltje sich
melden würde, wenn ich gerade im Bett liege, seine Spezialität.
Darum trödelte ich noch ein bisschen herum. Aber ich hörte
nichts. Als ich gerade im Bett lag: »Miau?«

Ich ging wieder nach unten, das Miauen schien aus dem
Garten zu kommen. Kein Krieltje. Im Zimmer: kein Krieltje.

Ich ging wieder zu Bett.

»Miaauu?«, rief Krieltje erneut, und dieses Mal klang es
schon etwas ungeduldiger. Zum zweiten Mal ging ich nach
unten. Ich habe wirklich auf und unter allen Tischen, Stühlen,
Sesseln und anderen Möbelstücken nachgeschaut, aber nichts
gefunden, was im Entferntesten einer Katze ähnelte. Nur
müde Hundeaugen, die mich erstaunt anschauten und meiner
nutzlose Aktion folgten.

Als ich gerade wieder im Bett lag: »Miaaauuuu!!« Dieses Mal
klang es bedeutend eindringlicher, und auch ein gewisser Vor-
wurf lag in der fordernden Katzenstimme.

177

Als ich das Wohnzimmer betrat, kam mir Krieltje entgegen, vorwurfsvoll maunzend. Wo er sich all die Zeit versteckt gehalten hatte? Ich habe wirklich nicht die geringste Ahnung.

Schlauer sein als dein Hund … ist manchmal gar nicht so einfach

Sommer in den Niederlanden. Lange, viel zu lange haben wir darauf warten müssen. Aber wie in unserem Ländchen üblich, zeigt das Thermometer, wenn es dann endlich Sommer wird, gleich über dreißig Grad an. Das bedeutet, dass die Hunde mich bei meinem Cafébesuch nach dem Spaziergang begleiten.

Ich hatte alle Hunde bei mir, aber es lagen nur zwei Decken im Auto. Lilly will nie auf einer Decke liegen, nicht mal im Winter; und ich fand, dass Luca mit ihrem dicken Fell durchaus mal ohne Decke auskommen könnte. Also habe ich die zwei Decken für meine beiden Dünnbehaarten, Maya und Toby, ausgebreitet.

Luca legte sich sofort drauf. Das war ja nun nicht der Sinn der Sache.

Beim nächsten Cafébesuch stellte ich es schlauer an: Ich ließ Luca von der Leine, wartete, bis sie sich hingelegt hatte und breitete erst dann die Decken aus.

Kein Problem für meinen schlauen Mastin.

Sie stand vom Fliesenboden auf und ließ sich zufrieden auf einer der Decken nieder.

Es ist gar nicht so leicht, Luca auszutricksen. Beim nächsten Mal kann ich besser wieder drei Decken mitnehmen.

Ein (fast) normaler Spaziergang

Durch allerlei Arbeiten habe ich heute Mittag die Zeit vergessen und bin also mit dem Spaziergang recht spät dran. Die Hunde, die mich normalerweise daran erinnern, dass es Zeit ist, haben sich auch nicht gemeldet. Aber sobald ich meine Schuhe hole, ist dann doch jedem deutlich, dass ein Spaziergang ansteht, und alle – ja, auch Toby – versammeln sich im Garten.

Weil Toby oft zuhause bleibt und nicht mit spazieren gehen will, freue ich mich, dass er sich heute Mittag anders entscheidet und schließe schnell die Tür, sodass er sich nicht eines Besseren – oder Schlechteren – besinnen und wieder ins Haus zurückgehen kann. Als ich alles zusammengesucht habe, was ich für den Spaziergang brauche, und wieder in den Garten komme, um die Hunde anzuleinen, steht Toby mit dem Rücken zu mir vor der Hintertür. »Toby, Spaziergang!« rufe ich fröhlich und winke einladend mit der Leine. Nicht so brillant, denn da Toby die Türe anstarrt, kann er mich natürlich nicht sehen.

Ich lege ihm sein Geschirr an. Augenscheinlich war er wieder mal in seiner eigenen Welt und erschrickt ein wenig. »Hm? Was is'n?« – »Komm, spazieren gehen!«.

Toby bleibt stehen. Wie in Beton gegossen.

Mit sanftem Andrang kann ich ihn durch den Garten führen und mit zum Auto nehmen. Aber Toby will nicht ins Auto, er will zur Straße und einen Schnüffelspaziergang in Richtung Dorf unternehmen, wie wir das oft am Wochenende tun. Aber das geht jetzt nicht, weil ich alle Hunde bei mir habe. Toby sieht zum Glück ein, dass er ins Auto muss und läuft brav über die Einstieghilfe. Leckerchen. Na wenigstens etwas, sehe ich ihn denken.

Von der Stelle, die ich mir zu diesem Spaziergang ausgesucht habe, weiß ich schon im Voraus, dass Luca nicht damit einverstanden sein wird. Es ist ein recht unberührtes Gebiet mit hohem Gras, Unkraut – was im Grunde genommen wunderschöne Blumen sind! – und Sand. Aber, und darin liegt das Problem, es ist in der Nähe der Schule gelegen. Und wo eine Schule ist, sind Kinder. Und wo Kinder sind, wird geschrien und gekreischt. Und das mag Luca nicht. Na ja, da muss sie heute Mittag halt mal durch.

Als ich die Hunde ausgeladen habe, macht Lilly mich darauf aufmerksam, dass da gerade ein Mann mit zwei Hunden ankommt. Das ist in Ordnung. Aber sie macht ein derartiges Spektakel, bellt, knurrt und hängt in der Leine, als trachte uns jemand nach dem Leben. Und das ist nicht in Ordnung. Impulsiv entscheide ich, diesem sehr unerwünschten Verhalten ein „Der Spaß ist zu Ende" entgegenzusetzen; und das bedeutet: kein Spaziergang, zurück ins Auto.

Unverständnis. »Das kann doch nicht dein Ernst sein!«

Doch, ist es.

Gestern war ich an derselben Stelle, und da hat Lilly sich ausnahmsweise prima benommen, als wir einem Hund begegneten. Ich habe sie gelobt, und sie bekam ein Leckerchen. Jetzt darf sie ruhig den Unterschied fühlen zwischen erwünschtem und unerwünschtem Verhalten und sich die Sache durch ihr kleines, aber sehr schlaues Köpfchen gehen lassen. Und mit ein bisschen Glück lernt sie daraus.

Also Spaziergang mit drei Hunden. Luca leine ich schon bald ab, und für Maya und Toby habe ich die langen Leinen mitgenommen, um ihren Schnüffelradius zu erweitern.

Wir laufen ein kleines Stück über einen Fahrradweg und dann weiter geradeaus in Richtung Wiese. Zumindest habe ich das vor. Aber Luca analysiert die Lage und kommt zu dem Schluss, dass sich auf dem Weg, den ich einschlagen will, schreiende Kinder vernehmen lassen, links dagegen nur Radler sind. Radler sind in Ordnung, schreiende Kinder nicht. Also biegt sie links ab und folgt dem Radweg.

Ich rufe sie zwar, aber was einmal in einem Mastin-Sturschädel sitzt... Als sie sieht, dass wir geradeaus weitergehen, ist sie aber nach nochmaligem Rufen bereit, uns zu folgen, wenn auch nicht von Herzen. Sie rennt sofort auf die Wiese, von den Kindern weg. Das ist prima, das hatte ich sowieso vor. Zumindest die Richtung, nicht das Rennen.

Ich nehme Maya und Toby an die lange Leine, und Maya macht dankbar davon Gebrauch. Sie schnüffelt nach Podenco-Lust und streunt durch das hohe Gras. Toby kann sich nicht so recht für diese Umgebung erwärmen. Zu viel Natur; er ist nun mal ein „Straßenhund". Alle paar Minuten muss ich stehen bleiben, weil Toby auf seiner Leine steht – und mir damit einen Ruck im Arm gibt – und keine Ahnung hat, wie er dieses schwierige Problem lösen soll. Oder aber die Leine hat sich um einen Strauch oder Grasbüschel geschlungen, und ein so großes Problem ist natürlich erst recht jenseits jeder Lösungsmöglichkeit.

Ich gebe Toby immer erst die Gelegenheit, selbst zurechtzukommen. Das erscheint mir besser für sein Selbstbewusstsein. Aber bei Toby rangiert Faulheit nun mal wesentlich höher als das Antrainieren von Selbstbewusstsein, an dem es ihm wahrscheinlich sowie nicht mangelt. Er lässt sich lieber helfen, dafür bin ich schließlich da.

Wir waren nicht allzu lange unterwegs, und als wir wieder beim Auto zurück sind und ich die Hintertüren aufmache, schaut Lilly ziemlich verdattert drein, weil nicht sie *aus* dem Auto, sondern die anderen Hunde wieder *ins* Auto geladen werden.

Hoffentlich geht's beim nächsten Mal besser, Lilly.

Luca und die Hunderampe

Luca bekommt Schwierigkeiten damit, selbst ins Auto zu steigen. Nach dem Liegen ist sie oft steif, und die Kraft in den Hinterläufen wird deutlich geringer. In nicht allzu langer Zeit wird sie gar nicht mehr selbst ins Auto einsteigen können. Für einen Mastin ist sie zwar relativ zierlich, aber auch mit "nur" dreiundvierzig Kilo kein Hund, den man mal eben hochhebt. Sie wird also eine Einstiegshilfe gebrauchen müssen, eine Hunderampe.

Da Luca grundsätzlich neuen Dingen erst einmal skeptisch gegenübersteht, erschien es mir am besten, sie schon mal langsam an die Rampe zu gewöhnen. An sich ist sie nicht neu für Luca; denn Toby benutzt sie schon lange beim Einsteigen. Aber Luca ist selbst noch nie drüber gelaufen.

Zunächst wollte ich ausprobieren, ob Luca vielleicht ohne große Übung damit zurechtkommen würde. Wäre doch immerhin möglich? Ich habe ja schon einige Hunde gehabt, die im Alter diese Hilfe benötigten und keine Schwierigkeiten damit hatten. Bei den meisten Hunden reichte es aus, sie einige Male an der Leine über die Rampe zu führen; sie gewöhnten sich recht schnell daran.

Aber natürlich war das bei Luca nicht der Fall; denn Luca ist nun mal Luca.

Ich nehme sie an die Leine und geleite sie zur Einstiegshilfe, die ich schon ans Auto gelehnt habe. Luca setzt sich davor auf den Boden. Wenn sie Angst hat, setzt sie sich im Zweifelsfall immer erst mal hin.

Ich versuche es mit dem Trick, mit dem ich Luca in den ersten Monaten bei mir an Dinge gewöhnt habe, die ihr unheimlich waren und denen sie nicht traute: Ich laufe einen kleinen Bogen, um danach wieder beim Ausgangspunkt anzukommen. Diese Technik wende ich auch heute noch an, wenn Luca

beim Tierarzt auf die Waage muss: einen kleinen Bogen laufen, bei dem "beängstigenden Objekt" auskommen und dann
– meist nach einigen Versuchen – läuft Luca problemlos auf
die Waage.

Auf die Waage, ja. Auf die Rampe, nein.

Sie läuft brav im Bogen mit mir um die Rampe herum, aber
jedes Mal, wenn wir wieder dort ankommen, setzt sie sich hin.
Und zu guter Letzt steigt sie dann *neben* diesem besorgniserre-
genden Brett ins Auto...

Vielleicht muss ich es ruhiger aufbauen. Zuerst die Rampe
flach auf den Boden legen und Luca drüber laufen lassen.
Wenn das gut geht, die Rampe stets etwas erhöhen, bis sie
schließlich ganz am Auto anliegt.

Nein, Luca geht auch nicht drüber, wenn die Laufplanke
flach auf dem Boden liegt. Sie reagiert panisch, wenn ich versuche, sie darauf zu bekommen.

Ich muss also noch einen Schritt zurück. Wenn es mir gelingt, Luca an der schmalen Seite über die Einstiegshilfe laufen
zu lassen, also quer, dann braucht sie stets nur einen Fuß
drauf zu setzen.

Das klappt zwar, aber nur, wenn ich die Leine ganz kurz
nehme und Luca somit keine Wahl lasse.

Ich übe das einige Tage hintereinander, aber wir kommen
nicht wirklich weiter. Mit Todesverachtung setzt sie eine Pfote
auf die verhasste Rampe, aber an ihrer Haltung und Ausstrahlung sehe ich, wie beängstigend sie das findet. Mit dieser Methode komme ich bestimmt nie so weit, Luca nicht quer, son-
der in der Längsrichtung laufen zu lassen, geschweige denn,
wenn die Einstiegshilfe nicht mehr flach am Boden, sondern
am Auto anliegt.

Wir erwägen, Luca zu zweit über das Brett zu "zwingen"
mit Schieben und Ziehen, in der Hoffnung, dass – wenn sie es

erst einmal geschafft hat – sie merkt, dass nichts Schlimmes passiert und es in Zukunft auch allein macht. Aber wie wir Luca kennen, erreichen wir mit so einer Aktion wohl eher das Gegenteil. Wahrscheinlich würde sie panisch, und wir könnten alle Hoffnung, sie noch je über die Einstiegshilfe zu bekommen, aufgeben.

Das war der Stand nach zweiwöchiger Übung. Und plötzlich kam mir eine Erleuchtung: Mir ist aufgefallen, dass Luca sich manchmal an Maya orientiert. Zum Beispiel an Stellen, wo Luca sich nicht ohne Weiteres aus dem Auto traut, ist es schon oft passiert, dass sie ausstieg, nachdem Maya ihr das vorgemacht hatte. Also könnte ich mir diese Tatsache doch zunutze machen?

Ich lasse also Maya über die Einstiegshilfe laufen, was sie zwar ausgesprochen blöd und unnütz findet, was ihr aber erwartungsgemäß keine Schwierigkeiten bereitet.

Danach nehme ich Luca an die kurze Leine und führe sie ebenfalls zur Hunderampe. Zuerst setzt sie sich zwar wieder hin, aber nach einigen Versuchen steigt sie ganz vorsichtig von der Seite mitten auf die Rampe. Das ist zwar noch nicht ganz so, wie es sei sollte, aber immerhin ein Anfang!

Bei jedem Spaziergang haben wir das jetzt geübt, wobei ich die Schiebetür nur so weit öffne, dass gerade die Einstiegshilfe in die Öffnung passt. Das macht es für Luca schwerer, zu schummeln und neben der Rampe ins Auto zu klettern. Luca geht sehr gern spazieren und fährt ebenso gern mit im Auto. Die Motivation ist also auf jeden Fall vorhanden!

Und dann läuft sie eines Tages ohne Leine Richtung Auto – ich hatte die Rampe schon für Toby am Auto angelegt – und marschiert fest entschlossen über die Rampe ins Auto!

Einige Monate später benutzt Luca die Einstiegshilfe ohne Probleme, wobei sie meist noch immer erst in der Mitte „aufsteigt". Aber ich bin heilfroh, dass es überhaupt klappt... und dass Maya mit gutem Beispiel vorangegangen ist!

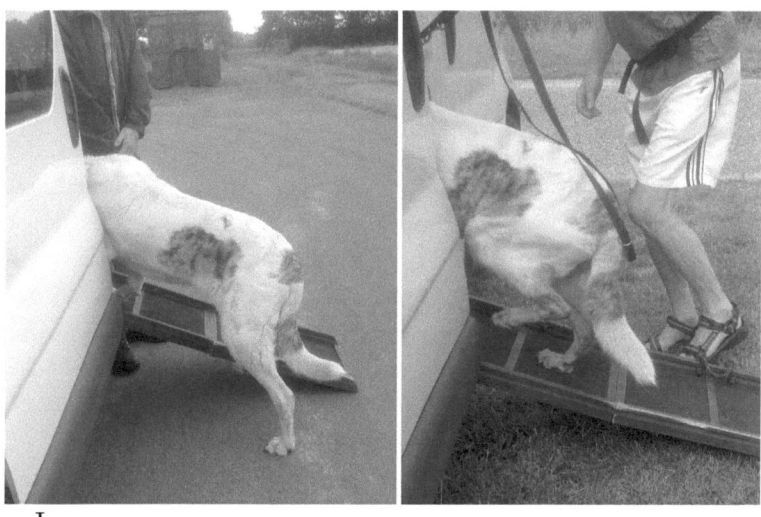

I

Hör auf deine Hunde!

Früher schaute ich mir vor dem Spaziergang immer den Himmel an, um einzuschätzen, was das Wetter bringen würde und die Hunde und mich – ich habe zwei Kandidaten für Regenmäntelchen – dementsprechend zu kleiden. Im heutigen digitalen Zeitalter ist der Blick gen Himmel durch das App „Buienalarm" ("Regenalarm") ersetzt worden, ein Medium, dass meist recht zuverlässig ist. Meist, aber nicht immer...

"Regenalarm" erwartete keinen Niederschlag; also stiegen wir an der Stelle, wo ich spazieren gehen wollte, wohlgemut aus dem Auto. Ein leichtes Grollen ließ sich vernehmen. Luca

186

hat Angst vor Gewitter, ich konnte sie aber überzeugen, trotzdem mitzukommen.

Im Laufe des Spaziergangs wurde das Grollen stärker, die Wolken färbten sich recht schnell von Schäfchen-weiß in unheilverkündendes Schwarz, und es war deutlich, dass ein Gewitter aufkommen würde.

Es kostete mich immer mehr Mühe, Luca zum Weiterlaufen zu bewegen, aber wir waren erst so kurz unterwegs, dass ich eigentlich noch nicht umkehren wollte.

Plötzlich drehte Lilly sich um und rannte Richtung Auto.

Dieses Verhalten passte so gar nicht zu ihr; Grund genug für mich, den Spaziergang entgegen meines ursprünglichen Plans frühzeitig abzubrechen und gemeinsam mit der erleichterten Luca ebenfalls umzukehren.

Ich hatte die Hunde gerade wieder im Auto, als die ersten dicken Regentropfen fielen, und als ich selbst eingestiegen war, tat sich der Himmel auf und lieferte uns einen gewaltigen Wolkenbruch... und den hätten wir, bei Fortsetzung unseres Spaziergangs, voll abbekommen. Die Hunde haben nun mal eine bessere Nase, und Lilly hatte den Regen wahrscheinlich bereits im Voraus gerochen.

Ich beschäftige mich oft mit der Frage, wie gut meine Hunde auf mich hören. Die heutige Erfahrung zeigt mir, dass es auch wichtig ist, dass ich auf die Hunde höre!

Dumm oder schlau?

Manchmal habe ich den Eindruck, dass Toby nicht besonders intelligent ist. Auch die Fähigkeit zum problemlösenden Handeln scheint bei ihm nicht allzu gut entwickelt zu sein. Aber stimmt das wirklich?

Beim Spaziergang bleibt er regelmäßig stehen, weil seine

lange Leine sich um eine Wurzel oder einen Grasbüschel geschlungen hat oder weil er mit einer Pfote in der Leine steht. Dann schaut er mich an mit der Bitte, ihm bei der Lösung dieses oh so schwierigen Problems behilflich zu sein.

Aber er kann sich durchaus selbst ausdenken, dass er das Katzenfutter, das auf einem hohen Tischchen steht, erreichen kann, indem er seine Vorderpfoten auf das niedrige Bord stellt, das am Tisch angebracht ist. Für dieses Problem findet er also durchaus selbst eine Lösung. Und dass er das nur machen kann, wenn ich nicht im Zimmer bin, weiß er auch. Gestern kam ich zufällig dahinter, als ich weggehen wollte und noch mal zurückkam, weil ich etwas vergessen hatte. Da fand ich Toby, mit den Vorderpfoten auf dem Bord stehend, wie er in aller Ruhe die Katzenmilch auf schleckte.

Im Sommerurlaub ist es Toby sogar gelungen, ein Brötchen von der Anrichte zu klauen. Damit hatten wir wirklich nicht gerechnet, denn in all den Jahren ist das noch nie passiert. Ein Tisch war bisher immer die maximale Höhe, die Toby erreichen konnte. Anscheinend hört er also trotz seines gehobenen Alters nicht auf zu lernen; auch wenn es nicht unbedingt die Dinge sind, die ich ihm gern beibringen würde.

Ein anderes Beispiel für seine Intelligenz: Wenn Tom bei uns war und wieder weg geht, gibt er den Hunden Leckerchen. Toby und Lilly laufen immer mit Tom mit bis zur Haustür und bekommen ihr Leckerchen dort. Jetzt bleibt Toby oft auf halbem Weg, in der Küche, stehen. Das erscheint dumm, denn er weiß doch, dass er sein Leckerchen bei der Haustür bekommt? Nein, im Gegenteil! Es ist ausgesprochen schlau. Denn Tom denkt: Oh, Toby läuft nicht mit; also gibt er ihm sein Leckerchen in der Küche. Dann trabt Toby aber doch noch hinter Tom her zur Haustür… und bekommt *noch* ein Leckerchen.

Toby ist also absolut nicht dumm. Er geht nur sehr sparsam mit seiner Energie um und setzt sie lediglich ein, wenn sich die Mühe lohnt und es für ihn von Vorteil ist.

Noch einmal Urlaub

Im August 2016 fahren wir wieder drei Wochen in Urlaub in „unser" Ferienhaus in Nord-Deutschland.

Nach einer angenehmen Hinfahrt, auf der auch Maya sich ruhig verhalten und uns nicht – wie im letzten Jahr – bei jeder Rast mit ihrem Winseln den letzten Nerv geraubt hat, fangen wir mit dem Entladen des Autos an. Plötzlich steht Maya an der Haustür. Das kann eigentlich nicht sein, denn der Vorgarten ist eingezäunt.

Ich bringe Maya wieder ins Haus.

Kurz darauf steht Toby vor der Tür. Das ist noch seltsamer, denn Toby ist absolut kein „Ausbrecher". Wir untersuchen den Zaun und entdecken ein Loch im Maschendraht. Also wird das Ausladen erst mal unterbrochen, um den Maschendraht zu flicken.

Als wir damit fertig sind, inspiziert Tom den rückwärtigen Garten und gibt grünes Licht: alles ausbruchsicher, die Hunde können in den Garten. Aber Tom ist kein Podenco, und was ihm ausbruchsicher erscheint, braucht das für Maya nicht unbedingt zu sein…

Als wir uns einen wohlverdienten Kaffee genehmigt haben und in den Garten gehen, finden wir lediglich drei Hunde vor. Von Maya fehlt jede Spur.

Ich laufe die direkte Umgebung des Hauses ab, und Tom begibt sich mit dem Auto auf die Suche. Ich frage alle Menschen, denen ich begegne, ob sie Maya gesehen haben.

Leider nicht. Es ist ein Albtraum, wenn ein Hund abhaut, wenn man gerade erst angekommen und die ganze Umgebung noch fremd für ihn ist; und unser Ferienhaus liegt auch noch an einer viel befahrenen Straße.

In einem Garten entdecke ich eine Gruppe von Leuten bei einem gemütlichen Grillfest und spreche auch sie an. Aber auch dort keine Spur von meiner Ausreißerin.

Eine Stunde dauert unsere Suchaktion bereits, als ich auf dem Handy angerufen werde: »Sie suchen Ihren Hund? Sie stand bei uns im Garten, vor der Wohnzimmertür!«

Es sind die Leute von der Grillparty, die mich anrufen. Ich schnappe mir Mayas Leine und stürme aus dem Haus.

Schon aus der Ferne sehe ich die kleine Prozession: ein paar Mädchen von circa sechzehn Jahren mit Maya an der Leine. Als ich bei ihnen ankomme – keine Spur einer Reaktion bei meiner Ausbrecherin. Nichts weist darauf hin, dass sie mich kennt, geschweige denn dass ich ihr Mensch bin. Und schon gar keine Erleichterung oder gar Wiedersehensfreude. Ich leine sie an, danke den Mädchen nochmal ganz herzlich und fühle mich wieder einmal ziemlich unwohl, wie immer, wenn Maya irgendwie bei fremden Menschen landet und mich beim Abholen vollständig ignoriert.

Nach diesem Riesenschrecken gleich nach unserer Ankunft ist der Rest des Urlaubs gut und entspannt verlaufen. Bis auf das Wetter, aber dafür können die Hunde ja nichts…

Die ersten Tage war Toby abends sehr unruhig. Durch seine beginnende Demenzerkrankung musste er sich wohl erst an die neue Umgebung gewöhnen. Aber danach ging es gut.

Eines schönen Tages konnten wir Luca nirgends finden. Bei ihr können wir jedenfalls sicher sein, dass sie nicht weggelaufen ist, aber weder im Haus noch im Garten war auf den ersten Blick eine Spur von ihr zu finden, und bei ihrer Größe und Farbe ist sie eigentlich kaum zu übersehen. Dann endlich entdeckten wir sie unter einem großen Strauch, völlig verdeckt von dessen herabhängenden Ästen. Sie hatte ihren Lieblingsplatz vom letzten Jahr wiedergefunden. Den ganzen Urlaub blieb sie dort abends liegen, auch wenn es schon längst dunkel war.

Auf unseren Spaziergängen in der Umgebung dort begegnen wir nur selten anderen Hundehaltern, aber wenn das mal der Fall war, haben sich auch Luca und Lilly anständig benommen. Mit ein bisschen Begleitung meinerseits haben sie sich auf normale hündische Art und Weise den fremden Hunden genähert. Maya und Toby verhalten sich anderen Hunden gegenüber ja immer sozial.

Nach ihrem Ausbruch am Ankunftstag benahm Maya sich im weiteren Verlauf des Urlaubes so gesittet, dass ich sie schon nach einigen Tagen frei habe laufen lassen, wie ich das inzwischen zuhause auch an den meisten Stellen tue. Und genau wie zuhause befolgte sie zwar nicht immer meinen Rückruf, aber sie lief auch nicht weg, sondern blieb von sich aus in unserer Nähe.

Während eines Waldspaziergangs haben wir sogar einige Rehe gesehen, die hundert Meter vor uns den Waldweg überquerten. Luca sah sie als Einzige – außer mir! –, und sobald sie den Startschuss gegeben hatte, rannte natürlich auch Maya los.

Von Luca weiß ich, dass sie nach einer solchen Aktion schnell wieder zurückkommt. Aber was würde Maya machen? Ich hatte Angst, dass sie in den Wald rasen und ich sie vorläufig nicht wiedersehen würde.

Aber sobald die Rehe im Wald verschwunden waren, blieben die Hunde auf dem Weg stehen und folgten dann beide meinem Rückruf. Mit hängender Zunge, aber zufrieden, kamen sie zurückgerannt!

Wenn ich an die Situation vor anderthalb Jahren zurückdenke, als Maya ständig aus meinem Garten ausbüxte und ich erwartete, dass Freilauf für sie unmöglich sein würde, ist es wunderbar, was wir gemeinsam erreicht haben.

Spaziergang mit einem Anflug von Abenteuer

Heute Morgen fuhren wir zum Spazierengehen wieder an unseren „Stammplatz", ein kleines, aber für die Hunde spannendes Gebiet hinter dem Industriegelände unseres Dorfes. Meist laufen die Hunde mit mir zusammen über den Weg, den man mit viel Phantasie zwischen dem Gebüsch entdecken kann, und verschwinden zwischendurch regelmäßig in den Sträuchern.

Das machte Maya heute Morgen auch, nur kam sie nicht wieder. Es ist ganz selten, dass das mal passiert, und dann kommt sie immer angerannt, sobald ich mit den anderen Hunden wieder beim Auto bin.

Heute nicht.

Ich habe Luca beim Auto ausgiebig gebürstet in der Hoffnung, dass mein Zimmer dann ausnahmsweise mal nicht aussieht, als sei es wochenlang nicht gesaugt worden, aber noch immer war von Maya nichts zu sehen.

Also lief ich wieder zurück und rief nach ihr. Da ich damit keinen Erfolg hatte, holte ich Luca dazu, die als Mastin zwar kein Fährtenhund ist, sich als solcher jedoch schon einige Male erfolgreich bewiesen hatte, wenn es früher galt, Dunya aufzuspüren.

Aber Luca konnte Maya anscheinend auch nicht finden. Sie verschwand zwar ab und zu im Gebüsch, kam aber immer alleine wieder heraus.

Das letzte Stück des Weges, das auf einer Wiese endet, ist meist sehr matschig und dadurch unbegehbar. Aber da es lange nicht geregnet hatte, ist es jetzt möglich, diesen „Morast" zu überqueren, und gemeinsam mit Luca pflügte ich über und durch die unregelmäßigen Büschel hoher Gräser auf der Wiese, wobei Luca weniger zu „pflügen" hatte als ich... Bei jedem Schritt musste ich aufpassen, wo ich meinen Fuß aufsetzen konnte, ohne mir die Knöchel zu verstauchen.
Aber die Mühe war vergeblich, denn mein Rufen schreckte nur ein paar Vögel auf, aber keinen Podenco. So lief ich weiter, bis ich an eine Straße kam und schaute mich dort nach allen Seiten um. Durch das Industriegelände führen einige Straßen, die vor allem von den Betrieben genutzt werden, die dort ansässig sind. Also zum Glück sind sie nicht viel befahren. Aber obwohl ich recht weit sehen konnte, konnte ich Maya nicht erspähen.

Auf dem Rückweg verließ Luca die Wiese, verschwand im Gebüsch und blieb dann vor einer Straße stehen. Kurz überlegte ich, auf dieser Straße zurückzulaufen, für den Fall, dass Maya schon wieder beim Auto auf uns warten würde. Hätte ich das doch nur gemacht! Aber weil ich Maya nirgends sah, erschien es mir vernünftiger, denselben Weg zurückzulaufen, den wir gekommen waren.
Nur konnte ich diesen Weg leider nicht mehr finden.
Auf dem Hinweg hatte ich doch nicht so viele Zweige auseinanderzubiegen brauchen? Und der Boden war doch auch nicht so matschig gewesen? Ja, ich hatte mich verlaufen. Eine Glanzleistung in einem so kleinen Gebiet, aber doch war es so.

Einen Weg sah ich schon lange nicht mehr, und das Gebüsch, durch das ich mir versuchte, einen Weg zu bahnen, wurde immer dichter.

Da läutete mein Handy. Ob ich einen Hund vermisste? Maya lief, ruhelos suchend, auf dem Gelände eines Containerlagers umher. Das Gelände ist eingezäunt, also wie sie da drauf gekommen ist, weiß ich nicht, aber anscheinend wusste sie nicht mehr, wie und wo sie dieses Gelände verlassen konnte. Genau neben dieser Firma stand mein Auto geparkt, und es war nur circa fünfzig Meter von der Stelle an der Straße entfernt, die Luca mir vorhin gezeigt hatte!

Die Frau, die Maya gefunden hatte, war bereit, kurz auf mich zu warten, hatte aber nicht allzu viel Zeit. Und ich stand mitten in der Wildnis und hatte keine Ahnung, welche Richtung ich einschlagen sollte. Ich versprach, so schnell wie möglich zu kommen, musste aber zugeben, dass ich mich hoffnungslos verlaufen hatte.

Mit dem Handy in der einen Hand, noch immer mit Mayas Finderin im Gespräch, versuchte ich mit der anderen Hand die Zweige der Bäume zur Seite zu biegen in der Hoffnung, irgendwo noch einen begehbaren Pfad zu finden.

Plötzlich platsch! Mein Fuß verschwand bis über den knöchelhohen Stiefel in einem untiefen Morast. Mit einem saugenden Geräusch umschloss die schwarze, fette Erde meinen Fuß und bröckelte in meinen Stiefel. Die Erde war relativ trocken, ich bekam also wenigstens keine nassen Füße. Aber ich schaffte es auch nicht, so ohne Weiteres aus dem Morast herauszusteigen. Mit ein wenig hin und her bewegen bekam ich zwar meinen Fuß frei, aber der Stiefel blieb stecken.

So kam ich also auch nicht weiter. Schließlich gelang es mir dann doch noch, Fuß und Stiefel aus dem Morast zu ziehen, und ich konnte weiterlaufen.

Ich hätte heulen können. Ich wollte zu Maya, die wahrscheinlich keine hundert Meter Luftlinie von mir entfernt war, hatte aber keine Ahnung, wie ich dorthin kommen sollte. Luca half auch nicht. Sie schaute sich nur ab und zu gelangweilt zu mir um und war erstaunt über meine Trägheit.

Endlich fand ich nach meinem Streifzug durch dieses unwirtliche Gelände den Weg wieder und lief so schnell ich konnte Richtung Auto. Am Ende des Weges wartete eine Frau auf mich und erzählte mir, wie sie Maya gefunden hatte. Sie war an dem Gelände vorbeigelaufen und hatte dort einen Hund gesehen, der sich eindeutig verlaufen hatte. Sie hatte die Telefonnummer am Halsband entdeckt und mich sofort angerufen. Aber es bestand natürlich das Risiko, dass Maya wieder abhauen würde, bevor ich zurück war. So hatte sie ein Stück Tau an Mayas Halsband befestigt.

Als Maya mich sah, legte sie doch tatsächlich die Ohren an und begann zu wedeln. Von Maya bin ich es gewöhnt, dass sie noch nicht mal eine Augenbraue hochzieht, wenn sie nach einem ihrer illegalen Ausflüge von einem ehrlichen Finder wieder bei mir abgeliefert wird. Also für ihre Verhältnisse war das eine beinahe stürmische Begrüßung.

Unser Abenteuer hat nur gute anderthalb Stunden gedauert, aber ich habe das Gefühl, als sei ich um ein ganzes Jahr gealtert.

Haben Ihnen die Geschichten „Dunya erzählt" gefallen? Vielleicht haben Sie dann Freude an diesem Buch:

Dunyas Blick auf die Welt

Ein Podenco erzählt

Judy Kleinbongardt

Dunya, die spanische Podenca, die blitzartig aufräumte mit allem, was ich zum Thema „Hund" wusste - , erzählt in diesem Buch über ihr neues Leben. Leichtfüßig, lustig und eigensinnig, wie es sich für einen Podenco gehört, nimmt sie allerlei Alltagssituationen aufs Korn, in denen sich Hundebesitzer – und vor allem „Podenco- und Windhundmenschen" – unschwer wiederfinden werden.

Begleiten Sie Dunya auf ihren Abenteuern beim – meist selbstständigen – Entdecken der Umgebung, im Urlaub und bei der Neugestaltung von Haus und Garten. Erleben Sie ihre Versuche mit, „ihren Menschen zu erziehen", und erfahren Sie Dunyas ganz persönliche Meinung über ihre zwei- und vierbeinigen Mitbewohner.

Das Buch ist witzig und vorwitzig. Geschrieben mit der Frechheit, aber auch ab und zu der Nachdenklichkeit, die zum Podenco passt. Es enthält alle Kolumnen aus der Podencozeitung von 2002 – 2010 und einige Specials.*

Preis: 7,50 Euro
136 Seiten, viele schwarz-weiß Fotos
ISBN 9783738659436
Auch als E-Book erhältlich

Die Hälfte des Reinerlöses wird einem guten Hundezweck gespendet.

Nähere Informationen zur Bestellung finden Sie bei www.podenco-de.weebly.com

* Einige der Kolumnen sind bereits in meinem Buch "Alle Leinen los!" erschienen.

Möchten Sie nach dem Lesen mehr über den Podenco erfahren? Dann ist dieses Rassebuch etwas für Sie:

Judy Kleinbongardt

Der Podenco

ein besonderer Mitbewohner

Seit Juli 2014 gibt es das Buch in überarbeiteter Auflage. Es ist sowohl für „eingefleischte" Podencoliebhaber geeignet als auch für diejenigen, die sich erstmals mit dieser Rasse beschäftigen. Es zeichnet sich durch seine Praxisbezogenheit aus, die durch viele Erfahrungsberichte unterlegt wird; ebenso durch die wunderschönen Fotos, die von Privatpersonen und von (semi-)professionellen Fotografen zur Verfügung gestellt wurden.

Der Tierschutzaspekt und damit die Podencos aus Spanien stehen im Vordergrund; Informationen zu Themen wie Hundeausstellungen und Welpenaufzucht werden Sie daher vergeblich suchen. Es gibt genügend andere Literatur zu diesen Themen; mir war es beim Schreiben dieses Buches wichtiger, Ihnen diesen besonderen Hund in seinen vielen Facetten näher zu bringen.

Aus dem Inhalt:

Tatsachen und Vorurteile, Ursprung, Der ideale Podencomensch, Der "Alpha"-Mythos, Anschaffung, Entscheidung mit Herz oder Verstand?, Eingewöhnung, Verhalten im Haus, Bewegung und Kondition, Kommen oder weglaufen?, Jogger Radler und andere „Beutetiere, Mentale Stimulation, Rassenbeschreibungen, Pflege und Gesundheit, Der Clicker, Freilauf: Ich seh, ich seh, was du nicht siehst

Das Buch umfasst 360 Seiten mit 317 Farbfotos. Es ist im A5-Format auf glänzendem Fotopapier gedruckt.

Nähere Informationen und wie Sie das Buch bestellen können, finden Sie bei www.podenco-de.weebly.com

Noch erhältliche andere Bücher der Autorin

Nähere Informationen zu den Büchern finden Sie unter
http://podenco-de.weebly.com/buumlcherecke.html